작가들의 글스

은모든　　김엄지

안리타　　강혜빈

김은지　　박지용

김해리　　손현녕

eum

작가들의 글쓰기 워크북

작가들의 글쓰기 워크북

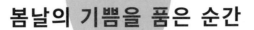

봄날의 기쁨을 품은 순간

은모든

"여러분은 여기에 왜 오셨죠?"

질문을 받은 순간, 나는 그 공간을 거쳐가기로 한 일을 후회했다. 섣부른 도전이었다. 몰입이란 강조하거나 강요한다고 해서 이룰 수 있는 것이 아니므로. 그러나 모름지기 방 탈출 게임을 하러 들어온 이상, 세계관에 몰입하는 것은 필수불가결한 일이었다. 그러지 않고는 탈출할 도리가 없기 때문에.

"조세국의 직원으로 입사한 여러분, 환영합니다. 이 중에서 본인의 이름표를 찾아가고 입사지원서를 쓰세요."

기다리다 못한 진행 요원이 이끌어주었을 때도 나는 여전히 방 탈출 게임의 세계관에 푹 빠지지 못한 채 시스템 오류를 겪고 있는 로봇처럼 뻣뻣한 움직임으로 입사지원서를 집어들었다. 이름, 주소, 학력, MBTI를 적는 칸 아래의 공간에는 입사 후 포부를 쓰게 되어 있었다. MBTI에 입사 후 포부라니……. 함께 온 반디의 얼굴에도 부자연스러운 미소가 번졌다. 차마 더 적지 못하고 내려놓은 뒤 이름표를 들었을 때 이제부터 제대로 시작해보자고 진행 요원, 아니 조세국의 국장님은 채근했다.

"다시 묻겠습니다. 여러분이 여기에 오신 이유가 뭐죠? 미션이 있을 텐데요?"

온몸의 세포가 어색함으로 물드는 느낌을 애써 억누르며 우리는 더듬더듬 탈세한 돈을 찾는 것이라고 대답했다.

"그럼 이제 이 방 안에 있는 증거를 찾으세요. 시간은 앞으로

2분 드리죠."

　　자리에서 일어났을 때 난 삐거덕거리는 소리가 의자가 바닥에 끌리는 소리인지, 내 관절에서 나는 소리인지 구분이 되지 않는 상황 속에 우리는 증거 수색에 돌입했다. 벌써 30초밖에 안 남았어요, 이제 10초! 하며 제한된 시간을 알려주는 국장님의 재촉이 몰입의 강도를 미세하게나마 끌어올렸다.

　　월요일 오후의 한산한 복합 체험 공간을 방문한 것은 구상 중인 SF소설을 위한 조사 차원이었다. 2층에서 VR 체험이 가능하다는 정보를 입수하고 휴일을 맞은 반디와 함께 가벼운 마음으로 입장했을 때 1층에서는 현재 방영 중인 모 드라마를 모티프로 한 방 탈출 게임이 진행된다는 이야기를 들은 게 화근이었다. 15분이면 가능하고 마침 지금은 대기 인원도 없다는 스태프의 말에 별생각 없이 (몰입하지도 못할 거면서!) 그럼 한번 해볼까 하고 참여한 것이다.

　　15분 뒤, 우리는 온갖 겸연쩍음 속에 모 건설 회사의 대표가 숨겨둔 탈세 자금을 찾아냈다. 미션을 완료하자 뭉칫돈이 호쾌한 소리를 내며 쏟아졌고, 마지막으로는 바닥에 가짜 돈이 가득 쌓인 방에서 즉석 사진을 찍어 갈 수 있었다. 기념 사진 속 나와 반디는 숨 막히는 쑥스러움은 잊은 채 돈다발을 휘날리며 웃고 있다.

　　사이좋게 즉석 사진을 나눠 가지고 그곳을 찾은 본래

목적대로 VR 체험을 위해 HMD를 착용했을 때 느낀 첫 소감을 적는다면 우선 묵직하다는 것이었다. 헤드셋보다는 헬멧에 더 가까운 형태의 HMD는 코 위쪽으로 얼굴과 머리 전체를 감싸는 모양이었다. 곧장 압박감을 느낄 정도로 조이지는 않았지만 오래 쓴다면 분명 갑갑할 것 같았다. 따라서 가상현실과 메타버스의 전망을 다룬 뉴스 화면의 모습들, 예를 들면 HMD를 착용하고 여러 화면을 띄우며 업무를 보거나 사교 활동을 하는 장면은 아직 상당히 요원한 일이 아닐까 하는 의문이 스치는 사이에 내 두 손에는 컨트롤러가 쥐어졌다. 버튼을 누르자 가는 빛줄기가 뻗어 나오는 모습이 광선검을 연상시켰다.

체험할 게임의 이름은 비트 세이버. 방 탈출 게임뿐만 아니라 실은 대체로 게임에 취미가 없는 나로서는 처음 듣는 이름이었지만, VR에 관심 있는 사람들에게는 익숙한 게임인 듯했다. 룰은 단순했다. 직접 고른 배경 음악에 따라 한쪽은 빨강, 다른 쪽은 파랑 입방체가 줄지어 움직인다. 눈앞으로 떠밀려오듯 실감 나게 다가오는 정육면체를 양손에 쥔 컨트롤러로 조준하여 베어낸다. 나는 두 곡에 맞춰 광선검을 휘두르는 기분을 즐겼다. 그런 다음에는 360도로 찍힌 영상을 시청했다.

정글 기후의 시골 마을에 위치한 것으로 짐작되는 작업실에서 등장한 뮤지션이 자신의 공간을 소개하고 야외에 마련된 소박한 무대에서 라이브를 펼치는 영상이었다. 젬베를

연주하는 세션 주변으로 닭이 빈둥거렸고, 고개를 뒤로 돌리면 막 사랑에 빠진 듯한 커플이 근사한 춤을 추고 있었다. 다만 게임에서 본 정육면체보다는 손에 잡힐 듯한 생생함이 덜했는데, 그럼에도 불구하고 만일 애정하는 뮤지션의 공연을 이와 같은 형태로 즐길 수 있다면 충분히 매력적인 선택이 될 법했다.

　　그러나 헤드셋을 벗고 나서는 조금 전의 판단을 보류하게 되었다. 멀미 증세 같은 컨디션 난조가 찾아왔기 때문이었다. 은근한 어지럼증은 외출을 마치고 귀가했을 때까지 이어졌다. 15분의 어색함과 10분도 안 되는 가상현실 체험 그리고 멀미로 휴일을 소진한 그날 밤 검색을 통해 내가 겪은 불편함이 퍽 일반적인 것으로 'VR 멀미'라고 불린다는 사실을 알게 되었다.

　　가상인간상호작용연구소 제러비 베일렌슨 소장의 책 「두렵지만 매력적인」을 통해 현재 기술로 VR 체험은 20분 이내를 권하고 있으며 VR의 발전을 위해 해결해야 하는 주요한 과제로 VR 멀미가 꼽힌다는 점도 확인했다. 또한 그쯤 되었을 때 나는 알게 되었다. 간단한 체험 후에 멀미를 겪으며 휴일 오후를 날린 게 아니라는 사실을. 외려 바로 그 멀미를 알게 된 게 취재의 가장 큰 수확이었다는 것을.

　　구상하고 있는 소설의 등장인물들은 2040년대를 살아간다. 가상현실뿐만 아니라 가상현실과 증강현실 기술이 만난 확장현실까지 즐길 수 있는 시점이다. 따라서 현재 어떤 가상현실 체험을 했다 하더라도 소설에는 이후의 발전 양상을 내 나름대로 추측하여 구성할 수밖에 없다. 반면에 묵직한 헤드셋을 직접 써본 느낌, 게다가 VR 멀미를 등장인물이 10대 초반에 겪었다면 어땠을까 하는 생각은 연이어 몇 가지 구체적인 질문을 따라오게 했다. 그런 경험이 있었다면 이 인물은 이후로 한동안 가상현실 체험을 멀리하지 않았을까? 오랜만에 체험을 하게 된다면 자연히 10대 초반에 겪은 경험을 떠올리지 않을까? 두 인물이 그 시점에 관한 대화를 주고받는다면 어떤 얘기를 하게 될까?

그런 질문이 이어지고 가볍게 충돌할 때, 인물의 성격과 배경은 조금씩 더 명확해진다. 결과적으로 나는 예상치 않은 VR 멀미와의 만남을 통해 구상 중인 소설의 주요 인물이 좀처럼 거절을 못 하는 성격이라는 사실을 깨달았다.

소설을 창작하는 과정 중에 순수한 기쁨을 조우하는 순간을 몇 갈래로 분류한다면 한 가지는 이처럼 예상치 않은 기회가 성큼성큼 다가와 등장인물에 관해 더 알아내는 순간, 나아가 막혀 있던 이야기를 다음으로 진행시킬 실마리를 발견하는 순간이다. 비록 어렴풋하더라도 이런 순간을 맞이할 듯한 기미가 보인다면 놓치지 않으려고 기록으로 남겨두는 일은 버릇으로 굳었다.

요즘 가장 빈번하게 이용하는 것은 뭐니 뭐니 해도 나에게 보내는 메시지 기능이다. 책상 앞에 앉아 있을 때라면 메모지에 적어두거나 바로 파일에 남기는 것을 선호하지만 그렇지 않을 때도 언제 어디서든 휴대폰을 가지고 있으므로 기억에 의존하지 않고 당장 적어넣는다. 오랜만에 만난 친구와 인사를 나누다 말고도 "메모 하나만 할게."라고 양해를 구하고(제법 작가처럼 보이는 모습이 아닌가!) 머리를 말리다가 말고도 손에 묻은 물을 닦고 메시지창을 연다. 잠자리에 들었다가 퍼뜩 뭔가가 떠오르면 휴대폰에 손을 뻗는 것은 물론이며, 기묘한 꿈이 일단락되며 잠이 깼을 때도 눈부심을 무릅쓰고 메모를 남겨둔다.

그러다 보면 때로는 남이 볼까 두려운 흉흉한 메시지가 나와의 대화창에 남기도 하는데, 앞서 언급한 VR 체험을 한 날에는 '멀미 증세. 어지럼증' 외에 아래와 같은 내용도 있었다.

낭떠러지 느낌.

몰입도에 따라 자살을 유도할 수 있을 듯. 청부 살인.

비트 세이버를 하면서 이 정도로 생생한 현존감이 구현된다면 향후 기술이 발전하여 HMD가 일반 안경이나 렌즈 정도로 경량화되었을 때, 낭떠러지가 아닌 곳을 낭떠러지처럼 보이게 하거나 그 반대가 되도록 조작하여 살인 사건을 일으킬 수 있겠다는 생각이 들어 메모해둔 것이다. 현재 구상하고 있는 작품에는 적용하지 못할 내용이라 하더라도 언제 어떤 아이디어가 되고 인물의 배경이 될지 모르는 것 역시 예외 없이 남겨둔다. 또한 어쩐지 소설의 제목이 될 법한 단어라고 느껴지는 단어, 매력적인 이름도 모아둔다.

허니 프로세스.
- 커피 원두 가공 중 과육을 남기고 건조하여 단맛을 증가시키는 하는 프로세스

위의 메모는 한글 파일 중 '제목 꾸러미'라는 파일에 들어갔다.

오! 하는 순간을 붙잡은 기록은 가급적 하루 이틀 안으로 한글 파일이나 폴더 안에 옮겨놓고, 메모는 했지만 제대로 취합하지 않고 놓친 게 없는지도 주기적으로 살핀다.

앞서 소설을 창작하는 과정 중에 순수한 기쁨을 느끼는 순간으로 작품을 풍성하게 하거나 앞으로 나아가게 하는 일종의 힌트와 만나는 순간을 이야기했다. 다른 하나는 새로운 이야기의 가능성 자체와 조우하는, 즉 영감을 맞이하는 순간일 것이다.

지난해 발간된 연작소설 「우주의 일곱 조각」에는 일곱 편의 소설이 수록되어 있다. 이 소설들이 싹을 틔우게 된 첫 숨과 같은 순간이 명확하게 존재하며 기억하고 있다는 사실이 새삼 뜻깊다.

게다가 그 순간을 만난 것은 한껏 게으름을 부렸던 일이 계기가 되었다.

흔히 그렇듯 내게도 읽어볼 책, 읽어야 하는 책의 긴긴 목록이 있다. 그중에는 응당 곧 읽겠다고 되새기면서 자꾸 순서가 밀리는 책도 존재한다. 보통 따로 시간을 내 집중해서 읽자고 마음먹는 책일수록 그렇게 남겨지기 마련인데, 그중 한 권이 우에노 지즈코 선생님의 「근대 가족의 성립과 종언」이었다.

그러던 어느 날 도서관에서 우에노 선생님이 어쩌면 이렇게 귀여운 표지의 책도 내셨을까, 하고 키득거리며 또다시 엉뚱한 책에 손을 뻗었다. 살구색 표지에는 건조한 표정을 한 여자가 필기도구를 앞에 두고 턱을 괴고 앉아 고양이를 향해 장난감을 흔들고 있었다. 깃털이 붙어 있어야 할 자리에 예복 차림의 신부와 신랑이 매달린 장난감이었다. 「비혼입니다만, 그게 어쨌다구요?!」라는 제목으로 '결혼이 위험 부담인 시대를 사는 이들에게'라는 부제를 단 대담집이었다. 이 책의 258쪽에는 아래와 같은 대화가 등장한다.

우에노 　　(전략) 출산이 줄면 사회는 재생산을 할 수 없어요. 그러니까 이성과 짝을 맺고 싶다거나 가족을 만들고 싶은 욕망이 없어졌을 때 부모가 되고 싶은 욕망이 남았을까 하는 점이 문제입니다.

미나시타　　아이를 원하는지 물어보면 많은 사람이 그렇다고 답하지 않을까요? 미혼이나 기혼 남녀 모두 그럴 텐데요.

우에노　　　그 부분을 설명해주세요. 저는 아이를 갖고 싶은 마음이 든 적이 없어서 그게 어떤 욕망인지 잘 몰라요. 동양에서는 왜 젓가락을 쓰느냐 정도로 소박한 물음, 저와 다른 욕망에 대해 의문이 있죠. 아이를 갖고 싶은 욕망이 뭔지 정말 모르겠어요. 본능이라고 말하지 말고 어떤 욕망인지 설명해주세요.

미나시타　　저는 어머니가 빨리 돌아가셔서 다른 사람과 다시 한번 부모 자식 관계를 만들어보고 싶었습니다. 상식이라고 여겨서라기보다 다른 사람과 부모 자식 관계가 되고 싶다는 마음이 컸습니다. 평행우주가 100개 있다면 저는 그중 80개 세계에서는 결혼하지 않고, 99개 세계에서는 아이를 낳지 않았을 겁니다. 저는 패배 의식이 있는 사람이라 다른 세계라면 아이를 낳지 않았을 거예요.

우에노　　　하하. 사는 세계가 달랐다면 부모가 되지 않았다는 거군요.

미나시타　　평행우주의 세계에서 굉장히 드문 확률로 지금 여기 있는 저와 만난 것이라고 생각해주시면 좋겠습니다.

나는 아이를 갖고 싶은 욕망이 뭔지 정말 모르겠다며

구체적으로 설명해달라는 질문이 나왔을 때 깊이 공감하며, 출산 경험이 있는 사회학자라면 어떤 식으로 대답할지 궁금해했다. 그리고 100개의 평행우주 비유를 읽은 후에는 말할 수 없이 복잡한 심경이 되었다. 다른 세계라면 아이를 낳지 않았을 거라고 단언할 수 있는 여성이 워킹맘으로 악전고투하는 단 하나의 우주가 지금 이곳이라는 말의 무게 때문이었다. 묵직하게 내려앉은 공간으로 기억이 스몄다. 후회로 가득한 심경을 내비치던 누군가의 얼굴, 후회한다고 말하는 것은 죄스럽지만 다시 한번 과거로 돌아간다면 지금 짊어진 짐 중에 어느 것도 짊어지지 않으리라고 씁쓸하게 내뱉던 누군가의 말, 오래 망설인 끝에 결정했건만 자신이 선택한 것의 실체를 뒤늦게 깨달았다며 흘리던 누군가의 눈물이 뒤섞인 기억이었다.

그리하여 불타올랐다. 숱한 기억의 무게를 곱씹는 동안 그렇다면 내가 다른 99개 우주를 만들어줘야겠다고 불타오른 것이다. 비유로 건넨 말이라는 점은 이미 아무래도 좋았다. 즉시 99개의 우주를 건설하는 첫 번째 절차를 밟았다. 다름 아닌 새 폴더를 만든 것이다. 누가 볼까 두려울 만큼 퍽 거창한 이름도 붙였다.

이후로 몇 년 동안 폴더 안에는 초단편부터 중편에 가까운 길이까지 다양한 볼륨의 소설이 열 편 넘게 차곡차곡 쌓여갔다.

소설에는 평화와 고요를 지향하고 음악을 사랑하는 은하, 분명한 자기 표현 욕구를 가진 성지, 의미와 성취 사이의 명암을 오가는 민주라는 세 여성이 중심 인물로 등장하는데, 각각의 소설마다 다른 세계를 맞이하므로 조금씩 다른 삶의 모습을 보인다. 설정이 그랬으므로 한 권에 담길 만큼의 소설을 짓는 동안 유달리 많은 메모에 숱한 순간을 모아야 했고, 최종 원고를 정리하면서도 묘하게 실감이 나지 않았다.

　　그러나 언제까지고 원고를 그러쥐고 있지만 말고 놓아주는 일 역시 중요한 법이므로 「우주의 일곱 조각」의 원고를 출판사에 넘기고 그해 연말을 맞았으며, 1월은 조금쯤 붕뜬 기분 속에 있었다. 누군가 특별하게 마음을 써서 준비해놓은 듯한 순간과 마주치게 된 것은 바로 그런 1월 어느 날의 일이었다.

　　그날 반디를 따라 예술의 전당에서 열리는 마티스 전시를 보러 갔다. 사실 마티스는 평상시에 애호하는 화가가 아닌 데다 방학 시즌을 노린 대형 전시의 향기가 나서 솔직히 내 취향에 들어맞는 전시는 아니었다. 다만 반디가 강조하기를 지금 가면 흥미로운 전시를 하나 더 볼 수 있다고 해서 기분 전환 차 따라나선 것이었다.

　　평일 오후의 제법 애매한 시간을 골랐다고 생각했지만 역시 방학의 힘은 상당했고 마티스전은 입구부터 붐볐다. 이래서

대형 전시는 영 부산스럽다니까, 하며 심드렁하게 몇 걸음이나
걸었을까. 하얀 벽에는 이런 문구가 적혀 있었다.

나는 항상 내 노력을 숨기려고 노력했고, 사람들이 내가
작품을 위해 얼마나 많은 노력을 기울였는지를 결코 추측하지
못할 정도로 내 작품이 봄날의 가벼운 기쁨을 가지고 있기를
바랐다.

글을 본 내 마음까지 봄볕이 들고 봄바람을 쐬는 듯했다.
오기를 잘했다는 마음이 들었고, 결국 전시의 총평은 우려했던
그대로였는데도 불만스럽지 않았다. 거기에다 반디는 예고했던
비장의 카드를 내놓았다. 흥미로울 거라고 권했던 전시는 '2022
한국 발달장애 아티스트 특별 초대전'이었다. 서예박물관에서
열리는 그 전시는 규모가 크지 않았음에도 불구하고 인상적인
그림을 여러 점 발견할 수 있었다.

특히 마음에 든 것은 캔버스를 가득 메운 청포도와 탄산의
기포처럼 잘고 동그란 캐릭터의 얼굴을 결합한 '포도'라는
그림이었다. 상큼한 상상력의 포도를 실컷 눈에 담고 전시장
출구에 다다랐을 때였다. 발달장애 아티스트 특별전에는 종종
화가가 직접 인사를 건네고 작품 소개를 해주는 경우가 있다고
들었는데, 그날도 한 화가분이 자신의 작품을 우리에게 직접

소개하기 위해 앉아 있던 자리에서 일어났다.

"이 그림은 크로아티아를 여행할 때 카페 거리를 그린
그림입니다. 이 그림은 정원을 그렸습니다. 저는 즐거워서 그림을
그립니다."

저는 즐거워서 그림을 그립니다, 라는 말이 찡했다.
마티스가 말했던 '봄날의 기쁨'이 담긴 말을 직접 듣는 호사스러운
순간이었다. 나는 그 화가에게 감사 인사를 하고 돌아서자마자
나에게 보내는 메시지를 이용해 메모를 남겨두었다. 누군가
의도를 가지고 구성해놓은 극의 첫 장면과 마지막 장면처럼
관람의 시작과 끝이 뱅그르르 돌아서 손을 마주한 듯한 순간들을
잊지 않기 위하여. 또한 언제든 다시 삶에서, 혹은 소설 속에서
만나기 위하여.

여름

김엄지

1

거저 가는 시간이 없다.

면목이 없습니다.

그 말을 너무 남발하지는 말아야 한다고 생각한다.

면목이 있으나 없으나 시간은 간다.

충동섬에 전시된 충동들을 상상했다.

형상을 가진 충동들과 그것들이 모인 섬이라는 공간.

해안절벽과 파도를 쓸 수 있으리란 생각으로

그 발상을 발전시켜 소설화하고자 했는데,

안 했다.

열과 다래끼에 시달리며 겨울 어촌 마을을 떠도는 이야기를 쓰려 했는데, 안 썼다.

약간 사선인 것들에 대해서 쓰려다 안 썼다.

크고 작은 곤충들로 죽을 쑤고, 밤마다 '쥬지오'라는 상호의 BAR로 향하는 인물에 대해 쓰려다 안 썼고, 아무튼 쓰려다 안 쓴 게 몇 있다.

'있다'라는 말이 문득 생소할 때가 있다.

정말 있는 것인가, 하는 생각에.

샷되다. 샷되고 샷되다.

어제는 그렇게 속으로 중얼거렸다.

핸드폰 메모장을 열고 '샷됨'을 적었다.

샷됨이라는 어감이 재미있어서 입 안에서 여러 번 발음했다.

지하철 안에서 오전이었고 꽤 피곤했다.

샷되지 않으려고 그러는 것은 아닌데 글을 쓸 때 망설임이 늘었다.

내가 요즘 글을 쓰러 출근하듯 가는 카페, 그 카페 옆에 회전초밥집이 있다.

카페에서 반나절 즈음 앉아 있다가 초밥집으로 향한다.

카페에서 나와 초밥집 유리문까지 열두 걸음이다.

레일 위에서 돌아가는 접시들을 바라보다가, 집에도 밥이 있는데 굳이 왜 여기서 이러고 있을까, 생각한다.

오후 3시 즈음 초밥집에 손님은 그리 많지 않고 내부에는 음악이 흐르지 않는다. 오픈된 주방에서 식기가 부딪히는 소리, 직원들 간의 간단한 대화가 들려온다. 회전하는 레일의 기계음을 들을 수도 있다.

생선초밥은 먹고 나서 속이 편안한, 그런 음식은 아니다.

차갑고, 질깃하고. 날 생선이 뱃속에서 익는다.

먹었던 초밥을 게워낸 적이 있는데 그때 봤다.

투명한 날 생선살이 흰색으로. 붉은 날 생선살은 선홍으로.

날것을 익혀내다니. 내 뱃속이 그렇게 뜨겁다니.

눈도 내내 뜨겁다.

두 달 전에 터진 왼쪽 눈의 실핏줄이 아직까지 계속 터져 있다.

시뻘건 눈으로 카페며 초밥집, 천변, 놀이터, 지하철, 여기저기 다니고 있다.

가끔 나를 마주치는 몇몇은 눈이 빨갛다고 안과 좀 가보라는데.

안과 갈 시간에 글을 써야지.

2

어제는 카페보다 더 나은 곳에서 글을 쓰고 싶었다.

그래서 4인용 스터디 룸을 대여해 거기서 세 시간 동안 앉아 있었다.

내가 빌린 스터디 룸은 어두운 갈색 조명과 흰 백열등을 겸하고 있었다.

나는 백열등은 켜지 않고 갈색 조명만 켠 채 분위기 잡고 앉아 있었다.

노트북 바탕화면의 이미지를 바꾸고,

이메일을 뒤적이고, 5~6년 전에 찍은 사진을 찾아보기도 하고.

캘린더를 모니터 가득 크게 띄우고 무언가 계획했다.

나는 달력 보는 걸 좋아한다.

달력의 여백에 간단한 일정을 적어놓는 것도 좋아한다.

계획한 일정은 곧잘 유예, 보류, 중단되지만, 그런 생활의 패턴과는 별개로 달력 바라보는 것을 좋아한다.

뚫어져라. 숫자 1에서 31까지, 본다.

언젠가 다 되어 있으리라. 내가 벌여놓은 일들이. 해야 할 모든 일이 마법처럼. 결국 내가 다 할 테지만. 마치 나 아닌 누군가 해놓은 것처럼 한순간 다 되어 있으리라. 그래서 언젠가 나는 또

놀라리라.

스터디 룸에서 나오니 밤이었다.

놀라운 밤은 아니었고, 전날과 다르지 않은 열대야였다.

집으로 돌아가기 위해 천변을 걸었다.

걷다가 바닥 분수에서 물줄기가 솟구치는 장면을 보기도 했다.

물줄기는 크게 포물선을 그리며 건너편의 가짜 암벽을 향해 쏟아졌다.

포물선 열두 개. 그 아래를 왔다 갔다 해보고.

물줄기에 손바닥을 가져다 대보기도 했다.

더 과감하게 분수 물줄기와 일체가 되고 싶었지만 천변을 산책하는 사람이 적지 않아 눈치가 보였다.

마음을 접고 다시 앞으로 걸었다.

마음이 네모반듯하게 접힌 게 아니라 종이학처럼 접힌 것 같았다.

3

두 달 전 하늘에서 큰 빛을 봤다.

한순간 시야를 가득 메우고 사라진 초록의 빛이었다.

나 혼자 본 것이 아니었다. 지인 B와 함께였다. 놀이터에서.

B와 나는 천변을 산책하고, 미끄럼틀이나 한번 탈까, 하는
참이었다.

B가 미끄럼틀 위에 있고, 내가 그 뒤를 따를 때, 약간 낮은
곳의 하늘이 초록으로 크게 번쩍였다.

나 지금 겁먹은 것 같아, 수상해서 겁먹은 것 같아, B는 그
빛을 '수상한 빛' '빛이 나는 연' '뚝 떨어진 큰 빛'이라 했다.

나는 '천사' '미확인비행물체'를 말했다.

뭐가 됐든 믿을 수가 없다.

하늘은 정말 알 수가 없다. 그렇지?

꿈같은 일이야.

내 눈으로 보고도 믿을 수 없는데 너와 같이 봐서 좋구나.
그런 말을 B에게 건네기도 했다.

그날 본 빛에 대해 뭔가 쓰고 싶었다.

소설이나 그림일기, 무엇으로도 쓰지 않았다가 지금 쓴다.

4

마음의 돌

열다래끼

충동섬

긴 슬픔

약간 사선

곤충죽

심증

감응 중

쥬지오

삿됨

핸드폰 메모장에 적어놓은 것들이다.

'마음의 돌'은 어떤 의미였는지. 내가 적어두고도 두어 달 지나면 그 이유를 잊기도 한다.

내 마음에 돌이 있다면, 그게 뭘까.

흰 몽돌, 간 모양의 검붉은 돌, 잔 펄이 묻은 것처럼 반짝이는 거친 표면의 검은 돌.

돌은 어렵지 않다.

마음이 어렵다.

마음이 뭐야? B가 내게 물은 적이 있다.

생각하고 느끼는 거야. 그렇게 대답했다.

유리가 뭐야? B는 그런 것도 내게 물었다.

유리는 모래로 만들어. 나는 그렇게 설명하고.

나는 거기까지만 설명할 수 있었다.

마음과 유리가. 마음도 유리도.

뭔가 잘 설명해내는 나를 상상해보기도 하고.

좀 더 성실한 나를 상상해보기도 한다.

뭔가 생각하고. 뭔가 잊고. 캘린더를 살피고. 뚫어져라.

눈이 피곤해지면 눈을 감고 잠이 들거나.

꿈에서 충동섬까지 가거나.

바다에 모래를 던지거나.

모래로 바다를 만들거나.

돌을 줍고, 돌에 이름을 붙이고.

소설 속 인물들에게 이름을 붙일 때 나는 어떤 마음이었던가.

한없이 부담스러웠던가.

이름을 가진 허구, 무엇을 상상해도 어색했던가.

내 소설 「겨울장면」, R의 욕망을 들여다보기로 한다.

R에게 필요한 감정은 무엇이었을까.

R에게 필요한 조명은 어떤 색이었을까.

정말 없는 R. 나는 왜 그런 인물을 만들었을까.

내 욕망을 들여다보기로 한다.

사실 소설 쓰기는 이상한 일이다.

이상한데 계속 하고 있다.

어떤 날 소설 쓰기는 좋은 이상함, 신비로움, 행복한 비밀처럼
여겨진다.

어떤 날 소설 쓰기는 나쁜 이상함으로, 멍든 곳을 일부러
누르거나, 이제 막 새살이 오르는데 딱지를 떼버리는 일처럼
느껴진다.

좋든 나쁘든 계속 하고 있다.

사족, 뱀의 발을 그리는 일.

내가 그런 일을 하는가?

2018년 어느 인터뷰에서 나에게 소설이란 무엇인가, 라는
질문을 받았다.

나에게 소설은 뜬구름과 같다. 구름처럼 멀리 가라. 대답했다.

2022년 오늘 다시 생각해보니 구름은 멀리 갈 수 있고, 아주 사라질 수도 있겠지만, 새로운 구름이 몰려오는 걸 막을 수도 없다.

'그다음 일'이라는 제목을 정했다.
이제 그 제목의 소설을 죽 쓸 것이다.
지금 이 글을 쓰고 있는 카페는 너무 춥다.
그다음 일은 집에서 써야겠다.

삶을 쓰는 직업

안리타

저는 일상에서 혹은 산책길에서 인간과 함께 더불어 살아가는 것들을 관찰하고, 그것을 옮기는 일을 해요. 주로 자연에 대한 단상과 사유를 담고 있어요. 글을 '어떻게' 쓰는 것보다, '무언가'를 바라보고 고민하는 시간이 더 많은 편이에요. 글은 쓰는 게 아니라 글이 오는 것이라고 믿는 편이에요. 매일 무언가를 기다리는 거예요. 글 쓰는 행위는 명상 같아요. 종교 같고요. 그래서 저에게는 작가보다 수행자나 혹은 번역가가 더 어울리는지도 모르겠어요.

쓴다는 건 세상의 소리를 듣고 인간의 언어로 번역하는 일 같아요.

*

가끔은 꽃과 나무 혹은 강아지와 새의 시선으로 바라보기도 해요. 아니면 함께 걷는 이의 시선으로 바라보아도 좋고요. 그러면 많은 이야기가 보이기도 하고 들리기도 해요. 가령 숲을 거닐 때 길가에 마구 떨어진 잔가지들을 보면 밤새 청설모들이 놀았던 흔적이 보여요. 앉아서 꽃들을 관찰하다 보면 개미들이 일렬로 꽃씨를 나르는 장면도 발견하게 돼요. 새끼를 지키기

위해 후다닥거리며 인간을 다른 곳으로 유인하는 새들의 요란한
날갯짓도 봐요. 그러다 보면 쉽게 지나칠 수 있는 모든 것에도 삶이
있구나, 하는 것을 알게 되어요.

*

우리는 종종 하나의 언어밖에 구사하지 못하죠. 인간
중심적인 시선과 사고는 언어의 폭을 좁게 하고, 결국 유연하지
못한 글을 쓰게 해요. 우리는 외부와 연결됨과 동시에 그것을
자유자재로 응용하여 내면을 확장하거나 자신만의 언어를 구축할
수 있어요. 언어의 한계가 곧 내 세계의 한계라는 말이 있듯, 저는
가능한 한 많은 언어를 습득하고 더 많은 세상을 보기 원해요.
그것만이 세상과 연결되는 유일한 방식 같아요. 세상에는 안다고
믿는 것보다 알아가야 할 게 너무 많아요.

그리하여 글을 쓰는 것보다 도처에 널려 있는 글의 씨앗을
줍는 일이 더 우선인 것 같아요. 누군가를 만나고 돌아왔는데
아무런 여운도 없을 때가 있듯 아무런 매력도 감흥도 없는 글을
마주할 때가 있어요. 어떤 사람을 만나고 돌아오면 계속 그 사람이
궁금해질 때도 있는데, 그런 방식으로 계속 곱씹게 되는 문장이
있어요.

한 사람을 나타내는 본질적 요소는 그 사람의 원형뿐만 아니라 그 사람의 주변을 둘러싼 태도나 보이지 않는 분위기까지 유효해요. 누군가와 대화할 때 그 사람의 언어보다는 눈빛이나 태도에 관심이 많은데, 그러니까 그 사람이 가진 잠재적인 무엇을 봐요. 그 안에 모든 것이 담겨 있어요. 외모나 외형이 아니라 분위기 같은 것. 그것이 한 사람을 더 근사하게 만들기도 하고, 혹은 초라하게 완성하기도 해요. 누군가를 돋보이게 하는 특별한 것은 멋진 외모나 옷도 아니고 걸어가는 당당한 어깨도 아닌 그 걸음 뒤에 남은 잔상 같아요. 저는 늘 누군가의 흔적을 보듯이 문장을 봐요. 말의 끝에 흘린 씨앗 같은 것 말이죠.

말씨나 솜씨, 글씨, 마음씨 같은 단어가 있어요. 현상 뒤에 품고 있는 씨앗들이죠. 분명 어떤 사실 속에는 잘 보이지 않지만 공들여 가꾼 무엇이 숨어 있어요. 조심스러운 대화 속에도 타인에 대한 배려가 담겨 있고, 한 접시의 음식이 나오기까지 시간과 정성을 다한 마음이라든가, 허리를 세우고 숨을 참은 채 한 글자 한 글자 눌러쓰는 자세에서도 설핏 떨어져내린 씨앗이 있어요. 마음씨라는 말 속엔 정성과 태도가 있어요. 그런 것을 바라보고 쓰려고 노력해요. 그러다 보면 단순히 글을 쓰는 게 아니라 글솜씨가 좋아질 수 있지 않을까요.

계속해서 예를 들어볼게요. 수십 년쯤 거뜬히 버텨왔을 움푹 팬 의자와 소파에서도 세월을 느낄 수 있어요. 누군가 오래 앉았던 흔적에서 고민이나 생의 무게 같은 것을 발견할 수도 있겠지요. 잔 흠집이 난 책상에서도, 특별한 날의 사진을 담았던 액자 같은 것에서도, 액자가 걸려 있는 벽 뒤로 얼굴을 모르는 타인의 밤도 상상해볼 수 있겠죠. 사람의 손길을 거쳤던 화분에서도, 하루는 희망이었다가 하루는 절망으로 기울어졌던 창밖의 빛에서도 무언가를 봐요. 외투를 입고 공터를 걷는 사람들에게서 그 안에 숨겨진 삶의 무게와 고독을 볼 수도 있고요. 그래서 저는 글쓰기보다 다른 시선을 갖기 위한 노력을 많이 해요.

*

　삶의 표면을 바라보는 것이 아니라, 그 속을 관통하는 의식에 초점을 맞추는 거예요. 누군가의 웃는 얼굴을 보다가 눈빛과 얼굴 안쪽의 고민까지 설핏 마주해버린 것처럼. 어쩌면 세상은 이면이 함께 공존하는지도 모르겠어요. 한쪽 눈으로 죽음을 보는 동시에 다른 한쪽 눈으로 살아 있음을 발견해요. 그 두 눈으로 겹친 세상의 슬프고 아름다운 장면을 말이에요. 이제 막 태어난 아이의 눈으로, 동시에 이제 삶을 마감하는 노인의 마지막 시선으로 바라보며 유한한 삶의 진리를 동시에 읽고 그것을 써보는 것. 작가가 해야 할 일 같아요. 슬픔만으로 글을 쓸 수도 없고, 기쁨만으로 완성할 수도 없죠. 그 두 가지는 우리 마음에서 떼어낼 수 없는 한몸이니까요. 밖에서 마주했던 장면 장면을 내면에 축적해나가고 눈앞에 드러나는 것보다 그 뒤에 숨은 의미를 쓰는, 저는 그런 일을 하려는 것 같아요.

삶에는 보이지 않는 장면이 도처에 숨겨져 있고, 보물찾기하듯 그것을 찾아보는 것은 글쓰기에서 가장 중요한 점이라 생각해요. 그렇게 수집한 것들과 함께 나만의 고유한 언어를 구축하는 것. 쓰고자 하는 사람의 시선과 태도야말로 글쓰기를 위한 가장 기본적인 준비가 아닐까 하는 생각을 해요.
그리하여 저는 무엇을 어떻게 쓸까, 가 아니라 살아오며 무엇을 보았고 무엇을 느꼈는지에 초점을 맞추려 해요. 아무도 모르게 외롭게 다져온 내공이 가장 중요한 글감이 되니까요. 아무나 글을 쓸 수는 있지만, 타인과 어떤 차이를 만들어가는 건 아무나 할 수 없는 작업이겠지요. 누군가는 그 과정을 통해 훌륭한 문장력을 가질 수 있어요. 제게는 문장력보다 통찰력을 갖는 것이 더 중요한 힘이에요. 저는 그 방향으로 나아가보려고 하는 것 같아요.

한 편의 글을 완성하기까지 하루가 걸렸다면, 글감을 얻기까지 어쩌면 우리는 평생이 다 동반되어야 할지도 몰라요. 눈앞에 놓여 있는 삶을 사랑의 시선으로 꼼꼼히 들여다보아야 하니까요. 그런데 그것이 삶을 살아가는 단단한 자세가 되어줍니다.

오래 기다리고, 듣고, 그리고 쓰다 보면 결국 우리는 단 한 가지 사실을 깨닫고 말아요. 고독한 시간의 틈에서 '정말 내가 많은 것을 사랑으로 바라보고 있구나.' 하는 것을요. 글쓰기는 내가 처한 이 삶을 진정 사랑하게 만들어요.

*

만약 아무것도 쓸 수 없다면 가만히 바라보아도 좋아요. 그 시간을 애쓰기보다는 그냥 지나가보는 거예요. 쓰지 않더라도 꾸준히 바라보면서요. 내 주변을 둘러싼 가장 가까운 장면부터 창문 너머 저 멀리 펼쳐진 이야기를. 무언가를 내 의지로 쓰려고 하기보다는 외부가 내게 들려주는 말을 가만히 들어보는 거예요. 의자에 오래 앉아 고민하는 것보다 문을 열고 나가 조금 걸어보는 것도 좋아요. 삶은 테이블 위에 없고 삶 속에 있으니까요. 삶에서의 발견은 분명 살아 있는 문장을 쓰게 해요.

이 일을 왜 계속 하냐고 묻는다면, 삶이 함께 하기 때문이라 말하고 싶어요. 그러니까 무엇을 쓰려는 것이 아니라 무엇을 살아보고자 하는 생의 의지가 함께 하는 것이죠. 봄에 꽃이 피고, 여름에 매미가 울고, 가을에 낙엽이 지듯 아무도 관심 갖지 않지만, 세상은 시키지 않는 것들을 규칙적으로 늘 꾸준히 하고 있어요. 살아가는 모두에게는 제 몫의 삶이 있어요. 그렇게 존재의 힘과 간절함으로 묵묵히 자신만의 몫을 해나가는 것들은 사랑스러워요. 창작의 과정은 약간의 고통을 동반하기에 아름다운 듯해요. 한 계절 속에 꽃이 피어나기 위해서 모든 계절이 다 필요한 것처럼, 우리에겐 고민과 갈등, 좌절과 절망과 고독의 시간이 필요해요. 그렇게 저는 계속 모든 시간을 통과하고 흔들리며 살아보고 있어요. 글을 쓰는 자보다는 삶을 쓰는 자로 살아가고 싶어요.

모두는 첫 걸음마를 내디딘 순간이 있어요. 넘어지는 것이 두려워 생각 속에 가만히 앉아 있는 것보다 일단은 나아가보는 거예요. 그 과정에서 크고 작은 장애를 넘으며 나도 할 수 있다는 자신감과 동력을 배우는 것 같아요. 글을 쓰려는 목적보다도 과정에서 그런 태도를 획득하게 된 점이 더 가치 있다고 생각해요. 그것은 글쓰기뿐 아니라 삶을 살아나가는 데 큰 용기가 되어주곤 해요. 그렇게 삶과 글은 서로가 서로를 일으켜세우며 함께 가요.

다행히도 저는 절망보다 희망을 더 믿는 편이에요. 눈앞에 놓여 있는 좌절보다는 보이지 않는, 아주 실금 같은 몽상과 희망을 믿는 편이에요. 이런 용기는 삶의 태도에서 나오고, 글은 그 지구력으로 써요.

*

아무도 모르고 아무도 기다려주지 않는 이 세계에서 오늘도 모래알 하나씩 옮기는 일을 하는, 모래알을 하나씩 겨우 옮겨서 먼 훗날 산을 만들고자 하는 창작자들에게 이런 응원을 해주고 싶어요.

결코 조급해하지 않으며 결국 이루어낼 이들에게 눈앞의

것을 좇지 말고, 떠나가는 것을 붙잡지 말고, 여기서 아무도 관심
갖지 않는 단 한 가지를 오래 하자고 말이에요. 내가 좋아하는
일을 가장 잘하는 것이 중요하니까요. 오로지 한 알 한 알 나만의
모래알을 계속 나르라고 말하고 싶어요. 당장은 이룰 수 없고,
눈에 띄는 진전도 성과도 없고, 용기도 없으며, 막연한 몽상
같아서 좌절하는 저를 포함하여 종종 포기하다가도 충분히 쉰
후에, 또다시 그 무엇이 아른거린다면, 조급해하지 않고, 누가
뭐래도 휘둘리지 말고, 아무도 알아주지 않더라도 하루 하나씩
나의 모래알을 옮겨보는 일. 그것이 자신이 추구하는 것에
도달하는 가장 확실한 방법이겠지요. 그러나 노고에도 산을 얻을
수 없을지도 모르겠어요. 누군가는 그 시간에 더 많은 모래알을
나르고, 내가 쌓으려는 자리에 산을 만들고 있었기 때문에.
그럼에도 불구하고 절망하거나 비교하고 회피하기보다, 조금 더
큰 각오로 계속해서 밀고 나가보는 거예요. 그 과정에서 글이라는
성과보다 훨씬 더 큰 것을 얻게 되어요. 글이 아닌 나의 성장과
아름다운 삶을요.

＊

　　누구나 글을 쓸 수 있고 책을 만들 수도 있어요. 중요한 것은
좋은 글, 누구나 공감하며 마음을 움직이는 글을 쓰는 것, 그리고
지속 가능한 글쓰기 아닐까요? 저는 쓰기의 기술적인 방법보다 글

쓰는 행위가 일상의 일부로 녹아 어떻게 마음의 힘을 기르는지도 알려주고 싶어요. 그것이 누군가에게 어떻게 전달되는지도요.

한 권의 책을 완성하는 것보다 글과 함께 꾸준히 계속해서 순간순간 자신만의 삶을 살아가고 숱한 글의 홍수 속에서도 진심으로 살아남는 문장을 만드는 일을 해요. 실력도 중요하지만 마음의 힘이 많이 필요해요. 힘을 나눠줄게요.

물통과 돌멩이

강혜빈

이름 모를 꽃봉오리에서 백합이 피었습니다. 화병에 담아둔 물은 뿌옇게 변했군요. 상점에서 이천 원 주고 산 유리 화병입니다. 제값에 더해 쓸모를 다하고 있어요. 창문이 없는 방 안에 백합과 단둘이 있다면 조금씩 일찍 죽을지도 모릅니다. 알약을 녹여먹고 입 안에 남은 흰 맛을 느낍니다. 일요일 저녁은 왠지 모르게 서글픈 데가 있습니다. 일요일도 그런 감정을 느끼게 하고 싶지는 않았을 겁니다. 요일들의 입장도 들어봐야 합니다.

이제부터 묘사할 실내는 책들로 무성해집니다. 베개가 다섯 개 놓인 침대가 있고 초록색 체크무늬 커튼이 있고 일곱 개의 옷장과 물 자국이 말라붙은 머그컵 그리고 펭귄 모양 오브제가 있는 방 안입니다. 책에 부딪혀 매일 팔다리에 멍이 드는 사람이 있다면 그게 접니다. 이 많은 나무를 결코 다 읽지는 말아야 합니다. 장르가 아닌 표지 색깔로 선반을 채워야 합니다. 미래를 도모하는 수행들. 마음을 이끄는 장면들. 내가 겪는 것은 다만 병이 아니라 상처라는 연인의 말을 떠올립니다. 멋지고 단순하며 감미로운 사물들 사이에서, 조화로운 삶을 살고 싶어요. 분명히. 나아지고 있습니다.

퇴사 후 오랜 시간 함께 한 전자피아노를 팔았습니다. 그동안 일곱 곡을 독학했어요. 박자와 멜로디가 미묘하게 엇나가더라도.

나만의 리듬을 가지고 싶었습니다. 커다란 피아노를 바깥으로 옮기는 과정이 생경하고 이상했습니다. 젊은 부부가 왔어요. 그들은 덮개를 열어보고는 건반을 눌러보지도 않고 그대로 트렁크에 실어 갔습니다. 피아노가 있던 자리에는 잃어버린 머리끈과 편지봉투가 놓여 있었습니다. 그 뒤로 영 쓰지 않는 테이블과 의자, 가구들을 나눔했고요. 헌책과 옷가지들을 정리했어요. 먼지를 털고 창문을 열었습니다. 눈썹을 다듬고 거울을 들여다보았습니다. 오늘의 나는 이렇게 생겼구나. 영혼의 생사를 확인합니다.

청소하다 어릴 적 스케치북 더미를 발견했어요. 그 속에서 돌아가신 아빠가 웃고 있었습니다. 아빠도 하얗고 나도 하얗습니다. 어떤 페이지는 검은 괴물들로 가득합니다. 마지막 페이지는 비어 있습니다. 어딜 가든 어른들은 그림 좀 그려보라며 종이와 연필을 쥐여주었는데요, 나는 특히 캐릭터 따라 그리기를 곧잘 했습니다. 어른들은 신기해하며 머리를 쓰다듬었습니다. 가끔 용돈도 받곤 했어요. 나는 칭찬받는 게 좋았고, 커서 화가가 될 줄 알았습니다.

그림에 비해 글쓰기는 꿈보다 일상에 가까웠지요. 한글 깨우치고 성인이 될 때까지 꾸준히 일기를 썼습니다. 그리고 어느 날 시를 만나고부터는 쓰지 않으면 아팠습니다. 갑자기 번개를 맞은 것처럼 찌릿찌릿하게. 어느 날 시는 왔습니다. 나는 그저 살고 싶어서 썼어요. 오지 않은 내일은 오지 않아서 모르겠고, 오늘만이라도 그러자고 썼습니다. 사랑한다는 걸 나중에야 깨달았지만. 내가 이 세계에서 시를 쓰게 된 것은 숙명이라고 생각합니다. 죽을 만큼 고통이 따르는 데는 이유가 있을 거라고. 자꾸만 비장해지는 이유는 모를 일이지만. 그래요. 담는 방식이 이미지든, 텍스트든, 무형의 무엇이든. 나는 다짐했어요. 세상 어느 한 귀퉁이라도 내 이름을 남기기로. 내가 누군가의 꿈이 되기로.

색색의 동그라미로 가득 찬 달력을 봅니다. 지난 겨울에도, 가을에도, 여름에도, 봄에도 그랬습니다. 성실한 수행의 동그라미. 지나고 나면 다 지워져 있어요. 신기하죠. 마감이 끝나면 마감이 시작되고 마감이 시작되면 마감이 끝납니다. 논문 읽고 쓰고 시 읽고 쓰고. 반복. 아직 남은 일들이 나를 기다려요. 감사한 마음으로 맞이합니다. 씩씩한 척척 석사 프로N잡러 프리랜서 노동자의 출근만 있고 퇴근은 없는 삶. 시인의 미래를 도모하는 삶. 그래도 그럭저럭 즐거운 삶. 콧노래가 절로 나오는군요.

그간 쉬고 있던 사진을 계속 해달라는 말을 들었어요. 넌 사진해야 해. 사진 계속 해주세요. 어깨 위에 얹힌 돌 하나가 사라지는 기분이었습니다. 아픈 손가락은 들여다봐야 덜 아파집니다. 상처가 얼마나 벌어졌는지, 어떤 연고를 발라야 하는지 알 수 있습니다. 작업할 적에는 사진가의 자아와 시인의 자아가 뒤섞여 있다고 느낍니다. 내면에서 이미지와 텍스트가 길항하며 부딪히고 새로운 공간을 도모할 때, 무언가 뾰족한 빛처럼 스쳐가는 게 있어요. 시를 처음 쓰기 시작했을 때 느꼈던 감각의 개방. 손끝부터 발끝이 열리는 체험 같은 것. 평상시에는 특히 향기와 빛과 색에 매료됩니다. 하나의 이미지. 하나 이상의 이미지. 그림 그리듯 시를 쓰고 사진을 만듭니다.

미완성된 일들이 나를 누르고, 더 세게 눌러서 납작해졌을 때 나는 찌그러진 물통처럼 다시 일어났습니다. 부지런히 노동한 돈으로 몸과 마음 치료에 힘썼습니다. 그동안 잘 버텼는데요, 건강이 나빠져 식사를 잘하지 못할 때도 나를 다독여가며 일하고 원고 마감을 했습니다. 살펴보면 불완전하고 미비한 부분이 있겠지만, 그것이 그때의 최선이었다 싶습니다. 완전하지 않아도 좋아요. 잘하지 않아도 좋아요. 고래가 아닌 해파리의 삶도 좋아요. 자연사하는 개복치도 좋고요. 나아지고 있습니다. 분명히. 지금은 모든 게. 완벽하지 않아서 완벽합니다. 맥박도 안정적이고. 잠도 잘 자고 밥도 잘 먹습니다. 잠을 자는 대신 간편하게 알약 한 알로도 괜찮다면. 이러한 희망은 매년 갱신됩니다. 아무튼 오늘도 살아 있습니다.

어느새 나의 나이를 뛰어넘은, 사랑하는 고양이 옹이와
뒤척이는 실내 장면들. 누구보다 먼저 생일을 축하해준, 친구를
닮은 감각적인 선물과 진한 여름의 향신료 요리들. 비 내리는 어느
저녁, 젖은 어깨, 서양 배 맛이 나는 화이트 와인. 미나리를 메고 온,
오랜만에 만난 친구의 뒷모습과, 멀어지는 안부들. 뒤섞여 흐르는,
나는 최근 주로, 잔망의 얼굴로 비밀스럽게 있습니다.

나의 또 다른 이름은 잔망.
잔느 오 드뉘 망.

잔망은 실내 장면 속에 종종 나타났다가 조용히 사라집니다.
잔망은 시를 씁니다. 즐겁고도 편안한 얼굴로. 길가에서 주워 온
돌멩이를 잘 씻어서 칼끝으로 모양을 파내며 세공하듯이. 봅니다.
자세히 봅니다. 돌의 무늬를. 돌의 기분을. 돌의 기억나지 않는
어린 시절을. 돌의 고독과 허무를. 돌의 결핍과 순수를. 돌의
돌아가고 싶은 시간을. 돌. 돌. 돌. 잔망은 혀를 말고 발음해봅니다.

이제 당신은 실내 장면 속에 나타납니다. 어두운 침실에서,
환히 웃던 얼굴로요. 천장에서는 바람이 불지 않아도 자개 모빌이
흔들리고, 옅은 푸른빛이 드리웁니다. 당신을 만나고 나서 나는
시 쓰기에 날개를 달고, 무엇보다 가벼이 날아가는 새의 형상을

띕니다. 그러나 당신은 아무것도 관여하지 않습니다. 당신은 실내 이미지에 아주 섬세한 빛을 더할 뿐입니다. 새로운 호흡을 가능하게 해준 당신에게 충분히 감사하고 있는지, 되돌아보아요. 나는. 당신을 보면 내가 낳은 아이 같습니다. 이 또한 사랑의 다른 모양이라고 생각해보아요. 나는. 진실한 사랑 속에서는 애틋하고 안타까운, 짠한 마음이 든다고 믿습니다. 불현듯 당신을 꼭 안아주고 싶은 마음이 들 때가 있습니다. 말하지 않아도, 느껴지는 그늘들로부터, 지켜주고 싶은 마음이……. 이랬다가도 저러고, 저랬다가도 이런데요. 당신의 말처럼 나는 사랑을 발견하는 모양이 따로 있나 봅니다.

당신이 사랑의 모양 속에 있을 때, 온몸에 피가 다 빠져나갈 것처럼 좋고요. 사랑으로부터 빗겨간 모양 속에 있을 때, 마음 안에서 도미노가 쓰러지는 기분이 들어 부러 쳐다보지 않으려고 합니다. 어쩌면 외면함으로써 혹은 넓게 이해함으로써 나는 잔잔해질 수 있을까요. 다만 당신이 사랑의 모양 속에 적확하게 놓일 때를 주목해보려고요. 이를테면 부드럽고 낮은, 확신에 찬 목소리의 모양. 눈을 질끈 감고 웃을 때 찌그러지는 속눈썹의 모양. 이마를 지그시 눌러주는 네모난 손바닥의 모양. 목덜미에서 나는 시원한 향기의 모양. 무언가를 씹을 때, 귀 아래 턱에 드러나는 뼈의 모양. 머리카락을 조금씩 헝클어뜨릴 때 변화하는 눈썹의 모양. 느린 걸음걸이가 남기는 발바닥 모양.

　너한테 여름 냄새 나.

　당신은 말했습니다. 요즘은 나무처럼 숨 쉬는 기분이에요.
롤러코스터 같은 기분을 느끼게 해요. 심장이 머리끝에서 출발해
발끝까지 순식간에, 무심하게 툭 떨어지듯. 열차 위에서는
언제나 아름다울 수 없는 것이겠지요. 머리카락이 여기저기로
흩날립니다. 눈을 제대로 뜰 수도 없습니다. 어려운 일입니다.
당신을 너무 거대하고 거룩한 천사처럼 바라봐서는 안 되겠지만,
그럼에도 불구하고…… 나는 매일 갱신되면서, 어려운 마음을
유보하면서, 당신에게서 새로운 모양을 발견합니다.

　당신은 발견보다 발명이 좋다지만, 나는 발견이 좋습니다.

　새로 만들어내는 것보다, 그동안 미처 찾아내지 못했거나
아직 알려지지 않은 당신에 관한 사실을 차분히 기록해보는 것이
나의 임무입니다. 시는 사랑 앞에서 비로소 기능합니다. 나는
어쩌면 조금 더 성숙해진, 혹은 콤부차처럼 숙성된, 어른 비슷한
것의 시선으로 당신을 바라보고 있는지도 모릅니다. 그러니 날마다
다르게 해석되는 부분들도 있겠지요. 이겨낼 수 없는 부분은

없다고 믿으며, 그럼에도 불구하고 당신을 사랑하고 싶어요.
투명하게. 사랑할게요. 지구에 내려앉은 중력을 끌어모아, 힘껏.

　　당신은 내게 무엇이든 됩니다. 어떤 호칭으로도 묶이지
않아서. 누군가를 '부르는' 행위란 어떤 존재에 의미를 부여하는
것일까요? 실재하는 의미에 이미지를 입히는 것일까요? 나는
다만 느낌으로 알 수 있습니다. 천사(ange) 라는 시시한 단어
속에서 반짝이는 빛을. 시니피앙(significant)에 갇히지 않는
시니피에(signifié)를. 나는 매일매일 사전에서 무언가를 찾고
보고 읽습니다. 어원을 따라가면 흥미로운 점이 많아요. 그것은
빙산이거나 편백나무거나 까마귀거나. 최근엔 특히 꽃이나
나무 같은 식물의 속성들이 재미있습니다. 시를 쓸 때, 극한까지
몰아넣었을 때 느껴지는 무모하고 날카로운 감각이 좋아요.
뭔가를 보거나 읽거나 쓰거나 기억하는 것들을 계속해서 쉬지
않고 거의 쓰러지기 직전까지 잠을 참는데요, 그러면 곧 죽을
것 같지만…… 그것은 그냥 느낌일 뿐입니다. 나는 그런 느낌을
좋아합니다.

　　그냥. 느낌일 뿐이니까요.

　　다시 실내 장면. 잔망은 사라지고 당신도 사라집니다.

미래는 이미 예고되었습니다. 빈 화면 앞에 실재하는 나라는 것이 남습니다. 커서가 깜빡입니다. 허깨비 같은. 시의 허상이 남습니다. 시는 나뭇잎이 그려진 원피스를 걸치고 은빛 안경을 쓰고 있습니다. 시는 기다립니다. 당신이 자판을 눌러주기를. 기역, 니은, 디귿, 리을, 미음, 비읍. 사랑이 남긴 기척과 증거들 또한 거기 있습니다. 당신이 날 좋은 날 건네준 꽃들이 모두 시들었습니다. 연한 이파리들은 힘없이 축 처져버렸군요. 마침내. 실내 장면 속에서 나는 시간을 감각합니다. 배꼽을 끌어당겨 숨을 들이쉽니다. 나무처럼 쉽니다. 시를 받아낼 몸을 활짝 열고.

시를 돌처럼 들어봅니다.
아무 소리도 들리지 않습니다.

돌을 사랑처럼 만져봅니다.
점점 투명해집니다.

죽음을 돌처럼 발음해봅니다.
검은 밤과 함께 말려올라갑니다.

실내 장면이 굴러갑니다.
돌. 돌. 돌.

문장의 메타버스
- 오늘의 시 한 편을 써보아요

김은지

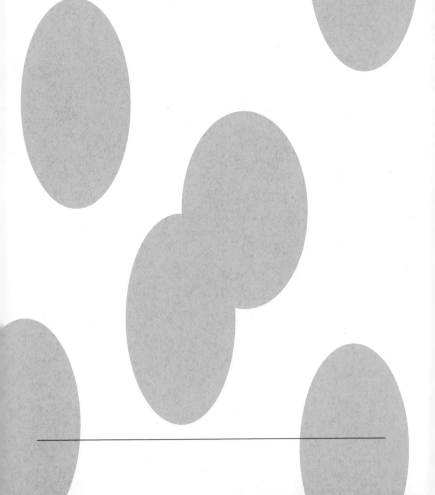

제페토 게임을 합니다. 제페토는 메타버스 플랫폼이죠. 이곳에서는 누구나 원하는 모습으로 마음껏 변신할 수 있습니다. 저는 저와 닮은 얼굴과 몸을 선택했습니다. 이곳에서는 다양한 사람들을 만날 수 있습니다. 저는 현실에서 맨날 보는 친구들을 여기에서 만났습니다.

"어서 다운받아 봐."

"어떻게 하는 거야?"

"나도 몰라."

스키 리프트 타는 방법을 몰라 이삼 일을 고생했는데 그냥 스키 리프트를 누르면 자동으로 올라가 앉더군요.

마법사의 마을은 신비로웠고, 앨리스가 사는 이상한 나라에서 물약을 먹고 몸이 커졌다가 작아지는 체험도 재미있었습니다. 하지만 제가 메타버스라는 세계에 빠진 순간은 오히려, 나와 닮은 아바타가 내가 있는 현실의 공간으로 나올 때였습니다.

여름, 저녁, 책방.

제가 앉은 테이블 위로 나온 칠십 센티미터 크기의 아바타는 숨을 쉬느라 어깨를 약간씩 움직이고 있었습니다. 뒤에 있는 책장에는 아바타의 그림자가 드리워졌습니다. 소오름. 비록 휴대폰 앱으로만 볼 수 있었지만, 가상의 아바타는 지금 기술이 허락하는 최대치로 실재하고 있었습니다.

아바타는 현실 세계 체험이 재미있었을까요? 왠지 그럴 것 같습니다. 책방에는 가상 세계에서는 볼 수 없는 사물들이 있습니다. 당장 고개를 툭 돌려 아무것에나 시선을 보내보아도 모두 어마어마한 사연을 갖고 있습니다. 제로 웨이스트를 목표로 가게에 입고된 수세미. 비누 받침으로 사용하면 비누의 사용 기간을 현저히 늘려주지요. 책방 사장님이 직접 디자인한 여름 티셔츠. 목 부분이 잘 늘어나지 않도록 신경 써서 제작한 굿즈입니다. 당연하게 보이던 사물들이 어떻게 존재하게 되었는지, 아바타의 눈을 통해 다시 바라봅니다.

　　게임을 하며 저는 경계를 오가는, 현실과 겹치는 부분에서 특히 몰입했습니다. 마법 빗자루를 타고 집채만 한 보름달을 지나갈 때도 즐거웠지만 한강공원에 세워진, 현실과 꼭 닮은 따릉이(서울시 대여 자전거)를 봤을 때 훨씬 반가웠습니다. 흰색과 초록색이 칠해진 바구니 달린 자전거.

　　제페토 게임이 서툰 제 친구는 한강유람선에 탑승하고는 내리는 방법을 몰라 강에 뛰어내리더니 선착장 반대쪽으로 하염없이 헤엄쳐 나갔습니다.

　　"아니, 대체, 어떻게 하는 거야."

　　선착장에서 그 모습을 지켜보는 저는 웃음을 그칠 수 없었어요. 거리에 따라 소리 볼륨 조절이 되는 기술 덕분에 웃음소리는 트랜지스터 라디오처럼 지직거렸습니다.

　　시를 쓸 때도 이런 감각을 중요하게 생각합니다.

　　짧은 문장 속에 증강현실로 진입할 수 있는 구성 요소를 담으려고 합니다. 첫 문장이나, 시를 시작하는 문장이 그러한데요, 모든 것을 다 쓸 필요는 없습니다. 몇 개의 단어만 씁니다. 쓰이지 않은 시공간도 함께 그려져, 독자가 그곳으로 옮겨가길 바라면서요.

예를 들어보겠습니다.

봄에는 심장약 복용을 시작해야 할지도 모른다고
수의사는 말했다

이 문장은 저의 시 '고구마'의 첫 문장입니다. 다른 시인분의
좋은 시를 예로 들고 싶지만 쓰는 과정을 말하기 위해 저의 시를
가져왔습니다.

계절은 겨울이며 장소는 동물병원, 나이 든 동물의 진료가
있었다는 사실이 쓰여 있지 않지만 알 수 있지요. 약간의 추측이
필요한 문장을 개인적으로 선호합니다.

아무것도 쓰여지지 않은 흰 종이에 어떤 이야기를
꺼내놓으면 갑작스러울 수 있는데요, 그럼 어떻게 시를 시작해야
할까요?

"봄에는 심장약 복용을 시작해야 할지도 모르겠어요."

수의사 선생님이 그날 저에게 많은 말씀을 해주셨는데 이
말이 자꾸만 생각났습니다. 그때마다 저는 반려견의 나이듦을
조금씩 받아들인 것 같습니다. 처음엔 믿을 수 없었고 혹시 개의
컨디션이 안 좋기라도 하면 새벽에 무릎을 꿇고 울기도 했습니다.
이 문장은 시간이 지날수록 더 선명해졌어요.

'나에게 선명하게 남는 말'로 시를 시작합니다. 어떤 이유로든
그 문장이 저의 마음에 닿았다는 뜻이고, 하얀 종이에 다소
느닷없이 시작되어도 괜찮을 거 같습니다.

슬픔이나 기쁨을 느꼈던 상황을 한 편의 시로 써내려가면 감정이 정리되기도 하고 관점이 변할 때도 있고 승화나 해소 같은 것들이 일어납니다. 그리고 한 가지 분명한 건 시 한 편이 남는다는 것입니다.

이 사실은 제가 시에 쓰고 있는 감정과 별개의 감정을 주는데요, 저에게 되게 중요하다는 것을 깨달았습니다. 특히 조금 마음에 드는 시를 썼을 때의 기분은, 아, 뭐라고 표현해야 할지 모르겠어요. 개운하다랄까 뿌듯하다랄까, 딱 맞는 단어가 없는 것 같은데요, 그냥 '시 한 편 쓴 기분'이라고 불러야 할 것 같습니다.

시를 쓴 날은 만나는 사람들에게 괜히 다정한 말을 건네고 싶고 평상시보다 많이 친절할 수 있습니다. 이와 비슷한 기분이 있다면, 로션을 마지막 한 방울까지 다 쓰고 빈 용기를 버렸을 때, 책 정리를 해서 책꽂이에 자리가 생겼을 때 정도가 있는 것 같습니다. 사소하지만 엄청 좋은 기분입니다. 보름 동안 계속 지원 서류를 쓰느라 '시 한 편 쓴 기분'을 느끼지 못했고, 저는 주위에서 점점 성격이 이상한 사람으로…….

제가 아는 어떤 분은 잘 쓴 글을 '서늘하다'고 표현합니다. 서늘하다는 말을 자주 쓰는 그분의 글도 그와 닮아 있습니다. 따사로운 봄날에도 볕이 미치지 못하는 부분에 마음을 쓰는 글. 삶이 복잡하고 힘겹기에 삶을 잘 담은 글을 읽고 나면 저도 서늘한 여운에 잠기곤 합니다.

각자의 시 세계가 다른 건 왜일까요? 타고난 기질일까요, 신념일까요, 최근에 겪은 일이나 교육받은 환경의 영향일까요? 시 세계라고 하면 여러 편의 글을 쓴 작가에게만 해당되는 말 같지만 사실 독자들은 단 두 편의 시만 읽어도, 아니 한 편의 시만 읽어도 '이 사람은 이런 경향이 있는 것 같고, 어떤 특징이 있다' 하고 파악하곤 합니다.

아무튼 저는 투명한 문장을 운율감 있게 쓰는 작품에 끌립니다. 최고로 좋아하는 시인도 최고로 좋아하는 소설가도 문장이 아름답습니다. 그들이 부리는(?) 문장의 강약중강약 박자에 매료됩니다. 결론으로 성급하게 달려가지 않고 가끔은 목적이 없어 보이는 문장들을 중얼거립니다.

문장의 형태는 굉장히 다양하지요. 감탄사부터 열거, 반복, 비유, 도치를 하거나 혼잣말을 할 수도 있고 반말과 존댓말을 오갈 수도 있습니다. 이상한 문장으로 분류되는 번역투나 오탈자, 속어도 나름의 효과를 생각해두면 도움이 됩니다. 노트북 옆에 쌓인 책 중에 눈에 띄는 문장을 한번 살펴보겠습니다.

그들의 말
혹은 침묵

이 문장이 눈에 들어오는군요. 아니 에르노의 장편 소설인데요, 한국어에서는 잘 쓰지 않는 소유격을 사용하면서 선택접속사가 있고, 주어와 동사를 갖추지 않은 '구'를 제목으로 정했군요. 소리 내어 읽어보면 침, 묵 부분을 느리게 읽게 되는 리듬감 있는 문장이라고 생각합니다.

현대 음악의 역사를 공부하면서 잡음의 역할에 관심을 갖게 되었는데요, 대중음악을 비롯해서 새로 작곡되는 많은 작품들이 기계음이나 소음으로 시작되는 것이 그저 유행 때문만은 아닙니다. 향유자들도 그것을 너무나 자연스럽게 감상하여 오히려 너무 고운 소리를 내는 악기로 음악이 시작되면 어색하다, 심심하다고 여길 것입니다.

기승전결, 인과관계를 따르는 논리적인 문장도 멋지지만, 무관한 문장과 문장을 이었을 때 새로움을 전달할 수도 있습니다. 문맥은 의도하지 않은 상징을 빚어내기도 하고, 깊은 깨달음 같은 걸 숨기고 있기도 합니다.

저는 자주 고개를 돌려서 낯선 단어 찾기를 합니다. 세상에는 정말 많은 단어가 있습니다. 전혀 뜻을 모르는데도 한글로 된 단어는 외국어처럼 겁이 나지는 않습니다.

어제는 '푸르공'이라는 단어를 보고 포털에서 검색해보았습니다. 오늘은 '철책'이라는 단어를 봤습니다.

먼저 푸르공. 이 단어는 몽골에서 승합차를 부르는 말이더군요. 감성적인 디자인의 차 뒤로 모래사막과 구름이 있는 사진들이 나옵니다. 힘이 센 시어 리스트에 적어뒀습니다.

'철책'은 저는 잘 쓰지 않는 단어라서 찾아봤는데요, 쇠로 만든 울타리라는 뜻인데 바다를 배경으로 넘지 못하도록 쳐놓은 뾰족뾰족한 철조망 사진들이 뜨는군요. 보기만 해도 왠지 제 피부가 따갑습니다.

이렇듯 단어는 몇 글자만으로 제페토의 맵처럼 생생한 이미지를 불러일으킵니다. 저는 가끔씩 '단지 이 단어를 사용해보고 싶어서' 시를 쓰곤 합니다. 우리가 숨 쉬고 있는 공간, 때때로 오가는 기억, 어제 꾼 꿈과 엉뚱한 상상은 어떤 단어들로 구성된 메타버스일까요?

　　오늘은 어떤 하루를 보냈나요? 무엇을 하다가 이 글을 읽고 있나요?

　　어떤 시공간을 문장으로 잘 그려내는 것만으로 멋진 작품이 될 수 있지만, 그곳에서 사람들이(꼭 사람일 필요는 없지만) 어떤 행동을 하고 무엇을 느끼는지가 주가 되는 작품은 좀 더 생기 있고 고유한 작품으로 다가옵니다. 구체적인 동작이 그려질 때 시 속에 다채로운 의미들이 발생합니다.

　　　고구마와 고마워는
　　　두 글자나 같네

　　　말을 걸며
　　　빈틈없이 이불을 꼭꼭 덮어줄 수 있는
　　　겨울 고마움

　　이 문장은 또 저의 시 '고구마'의 마지막 부분입니다. 다른 시인분의 좋은 시를 예로 들고 싶지만 쓰는 과정을 말하기 위해 저의 시를 가져왔습니다.

말티즈인 우리집 강아지는 이불을 좋아하는데요, 딸기가
그려진 남색 담요를 마치 망토처럼 강아지 얼굴만 나오게
씌워주곤 했습니다. 강아지는 저와 눈을 맞춰준 후 보드라운
담요에 싸인 채 다시 잠이 들곤 했습니다.

　　이 순간을 문장으로 남길 수 있어서 기쁩니다. 이 책을 읽고
있는 당신도 혹시 문장으로 잘 남겨두고 싶은 순간이 있나요?
메모장에 적어두었다가 시로 완성해보세요. 가장 아끼는 시 한
편을 갖게 될 겁니다.

　　내가 쓴 시에 어떤 동작이 들어 있는지, 어떤 동사로 구성되어
있는지 살펴보았나요? 모쪼록 도움이 되었기를 바랍니다.

　　언제 어디서든 시를 시작하기를 응원합니다!

산책기

박지용

이 글은 4일간 같은 시간, 같은 경로를 산책하며 쓴 기록들을 모은 것이다.

1

얼굴을 간질이는 햇살에 눈이 떠졌다. 오랜만의 휴일. 새로운 프로젝트를 시작한 이후로 가장 간절했던 시간이다. 여유를 부릴 수 있는 시간이 주어진다 해도, 일의 끝을 보기 전까지는 시간을 온전히 쉼의 영역으로 가져갈 수 없었으니까. 계속해서 생각은 마무리 짓지 못한 일에 머물러 외투 주머니에는 항상 두통약이 있어야만 했다. 비과학적인 해석일지 모르지만, 생각이 나아가지 못하고 고민의 벽에 가로막힐 때면 어김없이 두통이 시작됐다. 마치 머릿속 어딘가를 꽉 막아버리기라도 한 것처럼. 그러나 오늘은 주머니를 살필 필요가 없을 것이다. 다음 단계로 넘어가기 전인 지금은 가장 평평한 기분이니까.

몸을 바로 세워 기지개를 켠다. 왠지 가벼운 느낌. 밤까지 남아 있던 피로를 헹궈내고 새로운 물을 따라 마신다. 바쁜 틈 사이에서도 잘 닦아놓은 컵은 이럴 때 빛을 발한다. 투명한 상태, 티끌 없이 비치는 방 안의 사물들이 머릿속을 맑게 한다. 비워진 컵 주위에는 미뤄둔 것들 투성이다. 읽고 싶어 사두었던 책들부터 개지 못하고 빨래방 비닐에 건조된 채 그대로 쌓인 옷들, 다짐들과 함께 녹슬어가는 운동 기구, 정신 건강을 위해 스스로 처방했던 맞추다 만 퍼즐까지. 먼지가 쌓이지 않은 곳이라곤 전자레인지뿐인 방에 우두커니 서서 어디부터 시작하면 좋을지를 가늠해본다.

앞으로 주어진 시간은 얼마일까. 올지 안 올지도 모르는 미래로 미뤄둔 선택지들을 정리할 시간이 남아 있기는 한 걸까. 절반은커녕 한쪽 구석만 맞추다 만 퍼즐을 방바닥에 쏟아붓는다. 보고 있으면 마음이 정돈되는 기분이 들어 좋아하는 그림. 조각들을 맞추다 보면 시작점과 끝점을 알 수 없는 이 매듭들을 하나씩 풀어나갈 수 있지 않을까 싶어 샀던 퍼즐. 뒤집어진 조각들을 앞면으로 정렬하고 대략적인 위치를 가늠해 분류한다. 그림이 크게 하늘과 바다로 나뉘니까 색을 기준으로 구분하면 수월하겠다는 판단으로 나름의 전략을 세워본다. 조각들을 나누고 박스 앞면에 인쇄된 원래의 그림을 본다. 맞다. 이 퍼즐을 살 때 붙어 있던 스티커에 분명 쓰여 있었다. 별 다섯 개의 난이도, 마니아를 위한 퍼즐이라고. 그도 그럴 것이 구름 한 점 없는 하늘과 색이 옅어지며 서서히 이어지는 바다. 그게 이 그림의 전부다. 포인트로 잡을 수 있는 부분이라면 잔잔하게 일렁이는 파도.

골라도 이런 걸 고르니 평온을 찾기가 어려운 것이라고 스스로를 책망하다가, 이만큼의 평온을 갈망하고 있었던 건 아닐까 하고 퍼즐 조각을 다시 하나씩 살피기 시작한다.

2

왜 멀쩡한 그림을 쪼개서 다시 이어붙이는 건지 그는 도무지 이해할 수가 없다. 심지어 다 맞춰도 원래대로 돌아오지 않는데 말이다. 생일 선물로 갖고 싶다고 했던 퍼즐. 그 퍼즐은 전달되지 못한 채 이렇게 그 앞에 놓여 있다. 그의 누나는 달리는 일을 평생의 과업으로 삼은 사람이었다. 일정한 거리를 두고 누가 더 먼저 통과하는지를 겨루는 일. 그는 누나의 시합을 여러 번 직접 본 적이 있지만, 어느 순간에도 그 일이 이해되지 않았다. 몇 시간이면 지구 반대편까지도 갈 수 있는 세상에서 고작 몇 미터를 조금 더 빨리 달리는 일이라니. 이만큼 시시한 일도 또 없을 거라 그는 늘 확신하곤 했다.

그건 그만의 생각은 아니었다. 그의 부모, 친척, 심지어 누나의 친구들까지도. 어쩌면 이유는 명확했다. 우리나라에서는 좋은 기록을 낸다 해도, 세계 무대에서는 승산이 없으니까. 그건 결국 돈이 되지 않는 일이라는 뜻이기도 했다. 아니 오히려 돈만 드는 일. 그래서 그는 어쩌면 누나를 원망했는지도 모른다. 대신 부모의 기대를 충족해야 하는 사람은 그였으니까. 생일을 며칠 앞두고 열린 전국 대회에서 누나는 새로운 기록을 세웠다며 기뻐했다. 자신이 원하던 기록을 달성했다고.

그리고 생일 하루 전, 아무도 알아주지 않을 숫자가 새겨진 종이를 책상에 올려두고 누나는 바람처럼 사라졌다. 내내 바람과 싸우다가 바람 속으로 들어가버린 것이다.

누나가 사라진 지 딱 1년이 지난 오늘, 누나의 생일 하루 전. 그는 또다시 이해할 수 없는 일 앞에 놓여 있다. 멀쩡한 그림을 쪼개서 다시 이어붙이는 일. 예상 소요 시간은 40분이라고 박스에 적혀 있다. 열어놓은 창가에서는 바람이 불어오고 그는 퍼즐을 쏟아 하나씩 맞춰나가기 시작한다. 40분 후로 맞춰두었던 핸드폰 알람이 울렸지만, 퍼즐은 아직 많은 조각이 남았다. 평상시라면 시시한 기분으로 남은 조각을 맞출 그였지만 저 알람이, 누가 어떤 기준으로 정했는지도 모를 시간을 알릴 뿐인 저 벨소리가 그를 요동치게 한다.

알람을 다시 40분 후로 맞추고, 완성되어가던 퍼즐을 쪼개 섞는다. 창가의 바람이 조금씩 거세지기 시작한다.

오늘은 혼자 밥을 먹기로 했다. 팀원들에게는 속이 좋지 않다고 적당히 둘러대고 잘 가지 않는 쪽으로 걸음을 옮긴다. 눈에 들어오는 곳이 마땅히 없어 나름의 정갈함이 느껴지는 찻집에 들어간다. '마음이 따뜻해지는 오후의 차'라는 메뉴를 주문하고 앉는다. 사실 오전 내내 일이 손에 잡히지 않았다. 이게 다 어제 뽑았던 그 쪽지 때문이다. 매주 목요일, 퇴근 후 참가하는 독서 모임에서는 매주 과제를 주는데, 자신에게 묻고 싶은 질문을 하나씩 써내고 다른 사람이 써 온 쪽지를 받아 한 주 동안 그 질문에 답을 해 오는 것이 이번 과제였다. 빳빳한 종이 사이로 꼬깃꼬깃 구겨진 종이가 눈에 들어와 뽑은 게 화근이었다.

'지금 하고 있는 일이 당신을 심장 뛰게 하는가.'

수도 없이 생각해본 문장이다. 그리고 지금 하고 있는 일은 그 생각 끝에 결정한 일이기도 하다. 선망하던 회사였고 하고 싶었던 일이다. 좋은 팀원들을 만났고, 특별히 모난 상사도 없다. 그런데 왜, 저 문장이 이 귀중한 점심시간을 방해하는가.

무엇이 들어갔는지 모를 차가 나왔다. 갈색빛 찻잔에 담겨 어떤 색의 차인지도 가늠하기 어렵다. 마음이 따뜻해진다니 일단 마셔본다. 몇 가지의 꽃이 섞인 듯한 향기 사이로 미묘한 박하 향이 난다. 적당한 허브차인 듯하다. 다시, 쪽지를 펼쳐 문장을 읽는다.

아무런 차이도 없을 수 있지만 '지금 하고 있는 일은 당신의 심장을 뛰게 하는가.'라는 문장이었다면 왠지 쉽게 대답했을 것이라는 생각이 든다. 지금 하고 있는 일은 내 심장을 뛰게 할 때가 많으니까. 그런데 '지금 하고 있는 일이'라는 주어가 계속 '지금'으로 읽힌다는 게 문제다. '심장'과 '뛰게' 사이에 '을'이 생략된 것도. 그러니까 저 문장은 지금 심장 뛰는 삶을 살고 있는지에 대해 묻고 있는 것이다.

그러고 보니 언제 심장이 뛰었더라. 아니 언제 심장이 뛰는 걸 느꼈더라. 지난달 몸살을 심하게 앓을 때, 온몸으로 심장 박동을 느끼긴 했다. 그런 것 말고 정말 심장 뛰었던 순간이 언제였더라. 찻집 주인은 차와 잘 어울릴 거라며 잘게 자른 곶감 네 조각을 가져다주었다. 그냥 가져다주는 것치곤 네 조각은 꽤 많은 것이 아닌가 하는 생각을 하다 문득 웃음이 나왔다. 어딜 가나 4라는 숫자를 좋아한다고 얘기하던 20대 초반의 시절이 떠올라서다. 그런데 왜 4라는 숫자를 좋아한다고 했는지 잘 기억나지 않는다. '4월에 태어나서'로 시작한 것 같은데, 그다음 늘어놓은 이유들은 모르겠다. 되지도 않는 갖가지 이유가 있었던 것 같은데 이제는 그 흔적만 여러 아이디에 끝자리 숫자로 남아 있다.

현실에서 4는 잘 기록되지 않는 숫자다. 4등까지 메달을 주는 대회는 별로 없으니까. 그러고 보니 어릴 적 육상부를 그만둔 것도 대회에서 4등을 한 이후였다. 3등까지만 전국 대회에 나갈 수 있기도 했고, 다음 해는 중학교에 갈 나이가 되어서 그만두는 게 맞겠다 싶었다. 그때 3등과는 0.02초 차이였다. 2등과는 0.05초 차이. 아득하게 오래된 일인 것 같은데, 기억이 선명하다. 결승선을 통과할 당시에는 스스로 2등 정도로 들어왔다고 생각한 것까지. 그곳은 그런 세계였다. 아주 미세한 차이로 승부가 갈리는 세계. 눈으로는 구분하기도 어려운 근소한 차이로 만들어지는 결과를 모두가 당연하게 인정하고, 그 티끌 같은 시간을 줄이기 위해 하염없이 뛰는 일을 반복하는 곳.

제법 숨 막히는 일이었던 것 같은데, 그때를 생각하니 가슴이 뛰었다. 실제로 심장이 뛸 수밖에 없는 일이라 그런가. 돌이켜보면 그때만큼 살아 있음을 오롯이 느낀 적이 없는 것도 같다. 아니면 그냥 뛰는 게 좋아서, 달리는 행위에 그저 스스로를 내던진 그 시간들이 살아 있음을 느끼게 했던 것 같기도 하다.

사실 그때 그 근소한 차이는 중요하지 않았을 수 있다.

바람을 가르고 조금 더 빠른 속도로 나아가는 그 느낌이 좋아 시작한 일이었으니까. 뛰는 걸 그만두겠다고 생각한 건, 4등을 했다는 이유로 다음에 예정되어 있던 달리기가 취소되었기 때문이었을지도 모른다. 실망하거나 속상해서가 아니라, 그 순수했던 열망으로 비롯된 어떤 맹목적인 갈증이 해소된 순간을 마주했기 때문이 아닐까 하는 생각이 지금에 와서야 든다. 그래서 그 일만큼은 어떤 미련도 남지 않은 게 아니었을까.

네 조각의 곶감을 먹고 이제 그만 일어나야겠다 생각한 순간, 창밖의 빛이 달라졌다는 걸 깨달았다. 부재중 전화 27통. 점심시간이 끝난 지는 오래였다. 오후 회의에서 발표할 사람이 연락 두절 상태였으니 당연한 일이다. 이렇게나 많은 전화가 올 동안 진동을 전혀 느끼지 못했다니 이상한 일이다. 회의는 이미 시작됐을 것이고, 팀원 중 누군가가 대신 발표를 진행하고 있을 것이다. 가서 뭐라고 설명해야 할까. 이렇게 된 김에 곶감과 남은 차나 마시고 가야겠다. 한 조각의 곶감을 삼키고 찻잔에 손을 댄다.

예상치 못하게 뜨거운 찻잔의 온도가 정신을 번쩍 들게 한다. 손끝에서 불규칙한 박동이 느껴지기 시작한다.

4

글 쓰는 일을 업으로 삼아도 좋겠다는 생각을 한 건 쓴 문장이
담고자 했던 생각의 색과 온도를 있는 그대로 잘 머금고 있을 때,
단어와 단어의 조합이 제법 새로우면서도 그 의미를 해치지 않을
때, 조사를 바꾸는 것만으로 훨씬 탁월한 문장이 될 때, 마침표를
찍고 나서 글 전체가 하나의 흐름 안에서 자유로울 때, 어떤 기억을
사진보다 생생히 그려냈을 때, 짧았던 장면들의 합이 하나의 긴
서사로 이어질 때의 기쁨이 그 어느 때의 쾌감보다 컸기 때문이다.
나름의 좋은 문장을 썼다고 생각하면 그걸로 일주일은 기뻤을
정도니까.

물론 글을 쓰는 순간들은 대부분 매우 괴로웠다. 마음을
문자로 옮기는 일은 그 자체로 고통을 수반하는 일이기도 하고,
담고자 했던 것들이 대체로 기쁜 순간보다는 나와 내 주변,
사회와 세상의 아픈 구석인 경우가 많아 그렇기도 하다. 그럼에도
불구하고 이 넓은 세상에서 내가 할 수 있는 일이 있다는 것만으로
그건 감내할 만한 고통이었고, 동시에 기쁨이었다.

글쓰기의 시작점으로 가면 조금 더 절절한 이야기를 하게
된다. 글은 나에게 탈출구였고 구원의 존재였다. 삶의 이유를 찾지

못했던 나에게 계속 살 만한 이유가 아직 남아 있을지도 모른다는 말을 그 누구도 아닌 글과 책이 해주었으니까.

서랍에만 존재했던 글을 세상에 공개하고, 글을 매개로 사람들과 이야기하면서 나는 형용할 수 없을 만큼 과분한 마음들을 받았다. 내 글 덕분에 삶이 바뀌었다는, 다시 일어설 수 있는 힘을 얻었다는, 돌이킬 수 없을 뻔한 인연을 다시 붙잡았다는, 잊고 있던 소중함을 되찾았다는 이야기들. 직간접적으로 전해받은 사연들과 소중한 마음들을 빠짐없이 기억하고 있다.

그런데 그 마음들이 쌓일수록 자꾸만 글과 멀어지는 느낌을 받았다. 한동안은 그러려니 하고 방치해두었는데, 최근에는 이대로 두어서는 안 되겠다는 생각이 들 정도로 글과 소원해진 자신을 발견한다. 그럴수록 더 좋은 글을 써서 그 마음에 보답함이 마땅한데, 오히려 그 반대 방향으로 가는 나 자신을 용납하기 어려웠다. 이 문제에 대해 꽤 오래간 고민했다.

고백하건대 나의 나태함은 빠져나갈 구석을 만드는 일이었다. 근면하지 않음을 결과의 방패막으로 삼으려 했던 것이다. 더 할 수 있는데 그러지 않았기 때문에, 그것을 선택하지 않았기 때문이라는 변명의 여지를 남기려 했던 것이다. 쓰는 일이

업이 되고, 나도 모르게 내 글에 성적표를 매겨 왔던 것이다.

나는 이 사실이 무척이나 부끄럽다. 그리고 나와 내 글에
보내준 마음들에 큰 미안함을 느낀다. 나를 구원해준 존재와
나 스스로에게도. 이것이 나의 현주소이자 지금의 실력임을
인정한다.

그러나 이 민망한 고백으로 침잠의 굴레에서 조금은 벗어날
수 있으리라 기대해본다. 고통의 몫을 나누는 것 같아 마음이
저리지만, 이 고백이 외면하고 있던 무언가에 가닿아 만들어낼
미약한 동요를 나름의 면죄부로 삼고 용기를 내본다.

나는 다시 나를 토해낼 준비가 되었다.

- '산책기'를 엮으며

　　당신만의 달리기와 결과를 알 수 없는 새로운 산책을 온 마음으로 응원하며 투명한 유리컵과 퍼즐, 창가의 바람과 곶감을 이제 당신 앞에 건넨다. 아, 어떤 질문이 들었을지 모를 쪽지 하나도.

내 안에 있는 이야기를 꺼내는 법

김해리

서랍을 뒤지다가 여행하면서 쓰던 노트를 발견했다. 그렇다. 나는 여행 갈 때마다 현지에서 노트부터 사는 사람이다. 여행을 생각하면 언제나 그 나라의 문구점과 '운명의 노트 찾기'에 몰두하고 있는 내 모습이 떠오른다. 마음에 쏙 드는 노트를 사고 나면 이제부터는 정말 글을 쓸 것만 같달까. 서랍 속에서 발견한 이 노트도 장인이 만든 거라고 의미 부여하며 산 건데 기록은 여섯 장으로 그쳐 있었다. 고백하자면 나에겐 이런 노트가 많다. 분명 나는 글 쓰는 걸 좋아하는데 왜 계속 이렇게 쓰다가 마는 걸까?

사실 글 쓰는 일을 하는 사람들은 처음부터 뾰족한 컨셉이나 기획을 가지고 쓸 거라 생각했다. 내가 글을 쓰지 못하는 이유는 그런 게 없어서라고, 당연히 그럴 거라고 믿었다. 어느 여행작가의 북토크에 참석한 날, 손을 번쩍 들고 질문했다.

"처음부터 기획을 가지고 글을 쓰시나요? 글의 주제는 어떻게 뽑아내나요?"

답변은 의외였다. 이 글이 무엇이 될지 생각하지 않고, 보고 듣고 느끼는 모든 것을 철저하게 기록하는 것이 먼저라는 거였다.

주제는 그렇게 축적한 기록을 가지고 돌아온 후에 건져올린다고
했다. 미련하고 단순한, 그래서 아닐 거라고 생각한 그 방법이
답이었다니. 일단 뭐라도 쓰는 것!

이 비결을 몸소 경험하게 된 건 논문을 쓸 때였다. 주제를
정하지 못해 8년이나 미룬 논문이었다. "제 이야기로 논문을
써볼래요." 이건 나의 이야기지만 나 혼자만의 이야기가 아니라고,
연구 사례로서 살펴볼 가치가 있다고 주장했다. 어찌어찌 논문
심사를 통과했다. 일단 시작은 했는데, 텅 빈 문서 화면을 보고
있자니 뒤늦은 후회가 몰려왔다. 내 이야기로 논문을 쓰겠다고
하다니. 왜 굳이 이런 어려운 길을 선택한 걸까. 하지만 이젠
돌이킬 수 없다. 매일 아침 일어나자마자 카페로 달려갔다. 도대체
어떻게 써야 하지? 뭘 써야 하지? 아무리 쓰려고 노력해도 글이
쓰여지지 않았다. 초조했다. 왜 이렇게 안 쓰여지는 거야. 어느
날, 같은 자리를 빙글빙글 돌며 헤매는 내게 지도교수님이 이런
조언을 하셨다.

"너는 자꾸 결론을 정해놓고 가려고 해. Not-Knowing의
상태에서 출발해야 Knowing이 나오는 거야. 지금은 절대로 알 수
없는 거라고. 일단 계속 써! 이해했어?"

이해 못 했다. 터덜터덜 걸어나오며 한숨을 푹 쉬었다.

솔직히 말해서 '일단' 쓴다는 건 그 자체로 매우 낯설고 고통스러운 행위였다. 도대체 이 이야기는 왜 쓰고 있는 건지, 이게 무슨 의미가 있는지 알지 못하는 상태에서 계속 글을 쓰는 것도 어려웠지만, 끊임없이 글의 쓸모를 평가하는 내면의 목소리와 싸우면서 앞으로 나아가는 것이 가장 어려웠다. 일단 계속 쓰라니, 뭘 어떻게 써야 하는 거지? 하루 종일 씨름하고도 한 문장도 제대로 쓰지 못하는 날도 있었다. 혼란스러웠다.

그렇게 글을 쓰는 과정에서 나에 대해 새롭게 알게 된 것이 있었다. 내 안에 수많은 정체성이 있지만 그중 '창작자' 정체성이 가장 약하고 소심하다는 사실이었다. 내 안의 창작자는 쉽게 용기를 잃고 포기하는 성질을 가지고 있었다. 가장 자주 하는 말은 이런 거였다.

'이런 글을 써서 어디다 쓰겠어.'

'이런 이야기는 세상에 이미 많아.'

'좋은 글이 이렇게 많은데 굳이 내가 글을 또 써야 할 이유가 있을까?'

'기획자' 정체성은 힘이 센 편이어서, 그 와중에 자꾸

끼어들어 자기 목소리를 냈다. 섣부르게 글을 평가하기도 하고, 글 쓰는 일 자체를 막거나 애써 쓴 글을 휴지통에 넣어버리기도 했다. 자꾸 위대한 목표를 이야기하며 부담을 줄 때도 있었다.

'이게 정말 매력적인 이야기야?'
'이 글, 꺼내면 사람들이 널 우습게 생각할 거야.'
'그래도 기왕 할 거면 잘해야 하지 않을까?'

이런 목소리가 등장하면 창작자는 시작도 하기 전에 겁을 먹고 절필해버렸다. 내가 노트를 끝까지 쓰지 못했던 이유를 깨달았다. 난 사실은 (말도 안 되지만) 처음부터 완성된 글을 쓰고 싶었던 것 같다. 내 글이 별로라는 사실을 직면하는 것 자체가 두려웠는지도 모른다. 그래서 그냥 그만둬버린 거다. 아무런 쓸모가 없을지도 모르는 일을 계속해서 하는 것. 나는 그런 종류의 일에 익숙하지 않았다. 꽤 오랜 시간 내 안에 있는 이야기를 자유롭게 풀어내기보다 빠르게 정리하고 쓸모를 만드는 일을 중요하게 여겼다. 앞이 보이지 않는 일은 선택하지 않았다. 마땅히 그래야 한다고 생각했다. 창작하는 사람들과 예술의 세계를 사랑했지만, 나는 그런 사람이 아니라고 생각했다. 그렇게 나의 글들은 오래도록 휴대폰 메모장, 블로그, 수첩 이곳저곳에 흩어진 채 비공개 상태로 머물러 있었다.

하지만 이번엔 달랐다. 글을 기다리는 사람과 마감 기한이 있으니 결국 뭐든 쓰게 됐다. 완성도나 재미, 쓸모는 생각할 겨를도 없었다. 이번에도 제출 못 하면 나는 제적이다. 주제와 관련해서 떠오르는 이야기는 죄다 썼다. 불안감을 견디지 못하고 선생님 앞에서 펑펑 운 이야기, 친구와 싸운 이야기……. 아니 이런 것까지 써도 되는 건가, 싶은 이야기까지.

글이 어느 정도 쌓이면 학교에 갔다. 교수님은 나의 첫 번째 독자이자 편집자였다. 쓰고, 버리고, 쓰고, 버리고의 반복이었다. 논문을 완성하는 과정에서 초반에 쓴 글은 대부분 날아갔다. '이걸 내가 어떻게 썼는데……' 눈물 나게 아까웠지만, 곧 받아들이게 되었다. 이야기를 만든다는 건 최대한 많은 재료를 모으고 그중에서 가장 좋은 것을 선별하는 과정이라는 걸. 그렇게 1년을 쓰고 또 썼다.

우여곡절 끝에 완성된 논문이 손에 들어온 날, 높게만 느껴졌던 산을 드디어 넘은 기분이었다. 검고 단단한 표지에 금박으로 새겨진 글씨. 마침내 이걸 보게 될 줄이야. 마감 직전까지 확인했는데도 오타는 또 나타났고 아쉬운 구석도 많았지만, 어쨌든 완성이었다. 내가 나의 힘으로 하나의 이야기를 마감한 것이다.

글을 쓰다 보니 외면해왔던 내가 드러났다. 처음에는 그게 힘들었다. 그만둘 수도 있었지만 그만두지는 않았다. 나는 왜 그렇게까지 이야기를 완성하고 싶어 했을까? 나에게 글을 쓴다는 건 뭘까? 돌아보면 내가 본격적으로 글을 쓰기 시작한 시점은 내 안에 깊숙하게 숨겨진 나의 진짜 목소리를 들어주겠다고 결심한 때와 맞물려 있었다. 다니던 회사를 퇴사했고, 처음으로 나의 다음을 정해두지 않은 채 방황을 시작했다. 그리고 매일 글을 썼다. 문득 그런 생각이 든다. 어쩌면 글을 쓴다는 건 불확실성과 무용성 그리고 새로운 가능성을 나의 삶 속으로 받아들이는 일인지도 모르겠다고.

그렇게 생각하니 알쏭달쏭하기만 했던 교수님의 말도 조금은 알 것 같다. 어떤 결과물이 될지, 이 글이 쓸모가 있을지 어떨지도 알지 못하는 상태(Not-Knowing)에서 계속해서 쓰는 것. 나만이 할 수 있는 이야기가 뭔지 지금은 알 수 없지만, 쓰다 보면 알게(Knowing) 된다는 것. 그러니까 잘 쓰려고 하기보다 '일단' 쓸 것. 그게 글쓰기의 시작이다.

열 페이지 정도니까 뭐.

솔직히 말해서 지금 이 글, 3일이면 다 쓸 줄 알았다. 무슨 배짱이었을까. 분명 제안을 받던 날은 엄청나게 기분이 좋았다. 나한테 원고를 부탁한대! 신이 나서 방 안을 팔짝팔짝 뛰어다녔다. 한 달 반이 흘렀지만 한 페이지도 제대로 쓰지 못했다. 답답하다. 다른 사람들은 어떻게 쓰는지 볼까. 무심히 꽂아두었던 책을 한 권 꺼내 읽기 시작했다. 작가가 들려주는 이야기에 푹 빠져들어 나도 모르게 킥킥, 웃다 말고 불현듯 질투심과 자괴감을 느꼈다. 책장 너머로 나를 웃기다니. 대단하다. 어쩜 이런 글을 쓸 수 있지? 어떻게 이렇게 매력적일 수 있지?

하지만 그는 그고 나는 나다. 나는 결국 '나'에게서 재료를 찾는 수밖에 없다. 지푸라기 잡는 심정으로 그간 써 온 노트들을 꺼내 책상에 와르르 쏟았다. 하나, 둘, 셋……. 아홉! 어느새 이렇게 많은 노트가 쌓였다. 그러고 보니 이제는 노트의 마지막 장까지 쓸 수 있게 되었다. 한 장 한 장을 완벽하게 썼을 때의 기분보다 노트를 끝까지 썼을 때의 기분을 더 좋아하게 됐기 때문이다. 예전 같았으면 글씨가 마음에 들지 않는다고, 잉크가 번졌다고,

삐끗해서 오자를 쓰고 말았다고, 갖은 이유로 중간에 그만두었을 텐데. 나 자신이 대견하다.

아무리 부족하게 느껴지는 순간이라 해도 그때만 발생하는 무언가가 있고 지나고 나서 보면 다 재미있다. 분명 내가 쓴 글인데도 낯설게 느껴져 한참을 뒤적이며 읽기 시작했다. 시간이 지날수록 기억은 희미해진다는 걸 새삼 깨닫는다. 이런 날도 있었구나. 이때의 나는 이런 기분을 느끼면서 살았구나. 그러다 휘갈겨 쓴 메모를 발견했다.

"우리 삶의 변화는 기실 조금씩 쌓여서 이루어지는 경우가 대부분이다. 하지만 천천히 쌓이는 변화는 표현하기가 어렵고 기억하기는 더 어렵다. 극적인 포인트를 잡아 변화를 정리하고 농축해서 한 편의 이야기로 만든다." (「이야기하는 법」)

어떻게 여행작가가 될까? 여행 책의 주제는 어떻게 뽑아낼까? 뾰족한 주제를 가지고 떠나는 건가? 궁금했다. 그런데 '철저한 기록의 축적'을 먼저 하고 주제는 그 후에 건져올린다는 이야기가 신기하게 느껴졌다. 미련하고 단순한, 그래서 아닐 거라 생각한 그 방법이 답이었다니. 우리의 이야기도 매한가지겠지. 매일 그 순간에는 별것 없어

보이는 하루하루 속에서 나의 '극적인 포인트'가 발견되는
거겠지.

북토크에 다녀와서 쓴 글이다. 아, 맞아. 그랬지. 이때 나,
되게 글을 쓰고 싶어 했는데. 책은 도대체 어떻게 만드는 건지
궁금했는데. 그때의 나와 비슷한 걸 궁금해하는 사람이 있지
않을까? 이 이야기를 해봐야겠다. 과거의 나와 지금의 내가
바톤터치를 하는 순간이다. 과거의 내가 이거 어때, 하고 툭 던져준
재료를 잘 버무려서 이야기로 만드는 것이다. 짧은 메모에 이렇게
저렇게 살을 붙여 글 한 편을 쓰고 나니 스쳐지나가는 생각을 잊지
않고 기록해둔 그때의 나에게 고마운 마음까지 든다.

첫 번째 책 「좋아하는 일이 직업이 될 수 있을까」도 이런
방식으로 만들었다. '그동안 쓴 글을 모으기만 해도 책이 되지
않을까?' 하는 생각으로 시작한 작업이었다. 여기저기에 써놓은
글들을 모으고 목차의 형태로 만들어봤다. 괜찮을 것 같았다.
처음에는 있는 글을 그대로 모으기만 할 생각이었는데 책을
만들다 보니 욕심이 생겨 또 수없이 많은 글을 버리고 편집했다.
이야기의 흐름을 짜다 보니 새로운 글도 몇 편 추가하고 싶어졌다.
그때도 지금처럼 노트와 지난 기록을 뒤적이다 힌트를 얻었다.

스스로 붙여주는 이름과 주체적으로 만들어가는 정체성에 대해 많이 생각한 시기였고 곳곳에 이와 관련한 메모와 기록이 많았다. 그 글들을 뭉쳐 '내 이름과 역할은 내가 정해야 한다'라는 이야기를 만들었다. 이 책에 완전히 새로운 글은 없다. 지금은 사소하고 보잘것없어 보이는 기록도 언젠가는 나름의 쓸모를 갖게 된다는 사실을 알고 나니, 오늘의 글쓰기를 대하는 태도가 달라진다.

글을 통해 과거의 나와 미래의 내가 연결된다는 게 가끔은 신비롭게 느껴진다. 지금 쓰는 글은 나중에 또 무엇이 될까? 내 서랍 속에 잠든 쓰다 만 노트들도 언젠가는 이야기가 되어 세상 밖으로 나오게 될까?

"
우리 삶의 변화는 기쁨으로써
　살아서 이루어지는 경우가 대부분이다.
하지만 조금씩 (천천히) 쌓이는 변화는 표현하기
어렵고 기억하기는 더 어렵다. 극적인 포인트를
잡아 변화를 정리하고 농축해서 하나의
이야기로 만든다.

어떻게 여행지가 될까? 여행지의 주제는
어떻게 뽑아낼까? 보족한 주제를 가지고 뭐 만들까?
궁금했었다 그런데 '철저한 기록의 축적'을 먼저
하고 주제는 그후에 걸쳐 운영같은 이야기가
신기하게 느껴졌었다 미련하고 답답. 그래서
아마 제가 생각한 그 방법이 답이 되나서. 우리의
이야기도 미련하게까지 매일 그 순간에는 별거
없어 보이는, 하루하루 속에서 너의 극적인 동인드/가
반드시 드러나겠지.

- 기록 ❶ 브런치

"지난번 해리님이 저에게 새롭게 이름을 붙여주셨잖아요. 그 때부터 제 정체성을 다시 찾기 시작했어요."

집으로 돌아오는 길, 이름을 붙여준다는 것은 어떤 것인가를 내내 생각했다. 이름과 정체성은 연결되어 있다. 그런 의미에서 이 '이름 붙여주기'는 단순하게 작명을 하는 것만은 아니다. 내가 해온 경험의 의미를 생각하고, 다시 바라보고, 비슷한 경험들을 하나로 묶고, 이름을 붙여주는 것. 그건 내가 이 이야기를, '나'를 새롭게 해석하겠다는 의지다.

내가 나에게 이름을 붙여주는 일은 어색하고 번거롭지만 중요하다. 그 이름은 한 번에 만들어지지 않는다. 언제든 바뀔 수도 있다. 그 사실이 중요하다. 한 번 정하면 바꿀 수 없는 것이 아니라 내가 어떤 시점에서 어떻게 바라보느냐에 따라서 그 의미는 달라질 수 있다고 생각한다.

같은 조직에서 같은 프로젝트를 진행한 사람들이라 해도, 그 경험의 의미는 사람마다 다르다. 그러니 그 경험에 붙여주는 이름 또한 달라야 할 것이다. 내가 나에게 이름 붙여주지 않으면 사회가, 조직이 부여한 이름을 써야 한다. 내가 스스로에게 붙여주는 이름에는 내가 좋아하는 내 모습, 내가 되고 싶은 내 모습이 담겨야 한다.

- 기록 ❷ 노트

이야기하는 법.   NEW.

"
신분과 이름이 부각되는 이야기를 들으면
우리는 타고난 호기심을 발동시킨다. 대
체 쟤는 '사연장'이라고 부르지? 쟤가 이 신형에서
어떤 별난 것이라도한까?

이름은 불여주는 것이지. 내가 나에게 이름을
불여주는 일은 어색하지만 중요하다. 그 이름은
'내 특유'와 '컨디션'을 상영하는 언어로서도
여미를 갖는다 (한번에 만들어지지는 X)
나의 정체성을 안다는 것은 나를 설득하며
일하기 위해 필요한 일이야. 조직, 직장에서
벗어나 '우리'을 '어떻게' 하는 사람인지를
들여다 보는 것이 필요하다. 개혹이 태도'의
통제다 나는 어떤 '태도'를 일하는 사람인가?
(사이가요)

"지난번 해리님이 저에게 새롭게 이름을 붙여주셨잖아요. 그때부터 제 정체성을 다시 찾기 시작했어요." 기록상점에서 이 대화를 나눈 날, 집으로 돌아오는 길에 이름을 붙여준다는 것은 어떤 것인가를 내내 생각했다. 이름과 정체성은 연결되어 있다. 그런 의미에서 이 '이름 붙여주기'는 단순하게 작명을 하는 것만은 아닌 것 같다. 내가 해온 경험의 의미를 생각하고, 다시 바라보고, 비슷한 경험들을 하나로 묶고, 이름을 붙여주는 것. 그건 내가 이 이야기를, '나'를 새롭게 해석하겠다는 의지다.

나도 나에게 이름을 붙여보기로 했다. 내가 스스로에게 붙여 주는 이름에는 무엇보다도 내가 좋아하는 내 모습, 내가 되고 싶은 내 모습이 담겨야 한다고 생각했다. 그래야 오래 할 수 있고 즐겁게 할 수 있으니까. 이것저것 고민한 끝에 몇 년 동안 바꾸지 않은 SNS 프로필의 소개글을 바꿨다.

이상하고 재미있는 일들을 벌이는 문화기획자
스토리로 브랜딩을 말하는 스토리 디렉터
소소한 일상, 오래된 물건, 여행을 좋아하는 사람

쓰고 나니 기분이 묘했다. 이렇게 스스로에게 이름을 붙여주었으니 그 이름에 맞게 살아야겠다는 생각이 들었다. 결국 무언가가 '된다'는 것은 스스로 선택하고 그 선택에 책임을 지는 것 같다.

내가 나에게 이름을 붙여주는 일은 어색하고 낯설지만 중요하다. 내가 나에게 이름을 붙여주지 않으면, 다른 사람이 지어준 이름으로 살아가야 한다. 나도 그랬다. 광고 회사와 PR 회사에 다녔다는 이유로, 사람들은 나에게 홍보 일을 의뢰했다. 나는 '홍보'라는 단어가 나에게 맞지 않는다고 생각했다. 반면 '기록'이나 '스토리' '기획'이라는 단어는 좋았다.

내가 나에게 '문화기획자'라는 이름을 붙여준 순간부터, 나를 문화기획자로 인식하는 사람이 늘었다. 홍보 의뢰는 더 이상 들어오지 않았다. 그 대신 문화 기획 강연이나 협업 문의가 들어오기 시작했다. 나와 비슷한 사람들과 연결되는 일도 많아졌다. 내가 바라던 방향으로 일이 만들어진다는 것이 너무 신기했다. 원하는 것이 있다면, 그저 기다리기보다 먼저 표현하고 이야기해야 한다는 걸 깨달았다. (후략)

– 「좋아하는 일이 직업이 될 수 있을까」, 123~124쪽

창작의 현장을 사랑한다. 각자가 저마다의 세계 속으로 다이빙을 하고 자기만의 것을 꺼내 오는 모습을 보는 게 좋다. 저 사람은 무엇을 만들어낼까? 저 사람의 내면에는 또 어떤 세계가 있을까? 두근두근하며 지켜보고 응원하는 건 나의 오래된 취미다. 그래서 사실 난 무대보다 백스테이지가 좋고, 완성된 작품을 보는 것보다 작업 과정을 보는 것이 더 설렌다. 이상하다. 무언가 만들어지는 현장에만 가면 가슴이 쿵쿵 뛰고 눈이 반짝거린다. 문화 예술 분야에서 일하게 된 것도 그 때문이 아닐까?

그 사람은 그 사람다울 때 가장 멋있다. 나에게 맞지 않는 옷은 아무리 화려해도 어색하다. 인터뷰집 「음악, 당신에게 무엇입니까」를 읽다 조성진의 말에 밑줄을 그었다. "더 난감한 것은 남들과 다르게 치고, 이상하게, 혹은 특이하게 치는 걸 흔히 개성이라고 여기는 점이에요. 개성은 자연스러움 속에서 나오는 거잖아요." 누구처럼이 아니라 나처럼 하는 것. 그 시간이 쌓여 자연스럽게 개성이 되는 것. 나도 그렇게 쓰고 싶다. 그걸 알면서도 자꾸만 내가 갖지 못한 것과 다른 사람의 작업을 더 많이 생각하게 되는 건 어째서일까?

그래서 나는 외부로 향해 있는 시선을 '나'로 돌리는 작업에 관심이 많다. 꿈속의 이야기를 기록한다거나, 하루의 일을 회고한다거나, 혼자서 여행을 떠나거나, 완전히 다른 장르의 경험에 나를 던져넣는 등 다양한 종류의 실험을 시도한다. 혼자서 사부작거리며 하기도 하지만, 종종 동료들을 모아 같이 하기도 한다. 그중 대표적인 게 글을 쓰고 책을 만드는 모임이다. 그때마다 고집하는 글쓰기 원칙이 있는데, 새로운 글을 쓰는 게 아니라 지난 기록을 딱 열 편만 모아놓고 보는 거다. 그렇게 해보면 그 속에서 나만의 주제를 발견할 수 있다. 내 이야기는 뻔하고 흔한 이야기일 것 같지만, 또 은근히 없는 이야기라는 걸 알게 된다. 남들이 보기에 멋진 주제가 아니라 나에게 중요한 나의 주제를 찾는 나름의 방법이다.

　　몇 년 전에 기획한 '소소한 독립출판 워크숍'은 2주 만에 책을 만드는 프로젝트였다. 책을 만들어보고 싶은 사람들끼리 연남동 기록상점에서 모였다. 2주 만에 책을 만든다니, 그게 가능해? 다들 당황했지만 방법은 간단하다. 새로운 원고를 쓰지 않고 내가 이미 써놓은 글을 모으기만 하는 것이다. 결과물은 최대한 얇고 가볍게 만든다. 책을 만드는 기술도 별거 없다. 사실 책은 마음만 있으면 무엇으로든 만들 수 있다. PPT로도, 워드로도, 한글로도! 내가 그동안 그렇게 부담을 가졌던 것이 고작 이런 거라니, 별거 아니잖아, 하는 기분을 공유하고 싶었다.

결과는 성공이었다. 누군가는 페이스북에 연재한 글을, 누군가는 브랜드를 만들면서 틈틈이 남겨둔 기록을, 또 누군가는 수집한 물건들에 대한 이야기를 모았고 그렇게 다들 저마다의 주제로 책을 완성했다. 글을 열 편만 모아도 책을 만들 수 있구나, 다음에는 무엇을 만들어볼까, 하는 마음이 생겨나는 걸 느꼈다. 실제로 그 작업이 계기가 되어 지속적으로 독립출판물을 만들게 된 사람들도 있었다(나도 그중 하나다).

그다음에 연 것은 '도시 산책자의 일기 워크숍'이었다. 성수동에서 살거나 일하는 사람들과 함께 6주 동안 일기를 쓰고 책을 만들었다. 그때도 기존의 기록을 모아보는 것으로 시작했다. 각자 성수동을 오가면서 기록한 사진이나 메모들을 모아놓고 공통점을 발견해보는 시간을 가졌다. '성수동'이라는 공통분모로 모였기에 어쩌면 다 비슷할 수도 있겠다고 생각했는데 웬걸, 성수동을 좋아하는 이유도 기록의 방식도 다 달랐다. 이렇게나 다 다르다니. 정말 재밌다!

그런데 2주 만에 마감해야 했던 '소소한 독립출판 워크숍' 때와 달리 6주라는 다소 긴 프로젝트 기간 때문인지 시간이

지날수록 우리 모두 자꾸만 멋진 결과물을 만들어야 할 것 같은 강박에 시달렸다. 사람들이 이 주제를 좋아할까? 이런 글을 누가 읽으려고 할까? '글쓰기' 앞에서 자꾸만 기합이 들어가는 건 나뿐만이 아니었다. 정신 차리자! 다시 처음의 마음을 떠올렸다. 나는 새로운 시선으로 일상을 바라보고 창작하는 즐거움을 나누고 싶었다. 글을 잘 쓰고 훌륭한 출판물을 만드는 법을 연마하려는 건 아니었다.

"우리, 잘 쓰려고 하지 말아요. 책이라는 말이 부담을 준다면 인쇄물이라는 말로 바꿔보면 어떨까요? 그리고 아무에게도 주지 말고 우리끼리만 교환해요. 누군가에게 보여주기 위한 글이 아니라 나를 위한 기록집이라고, 내가 보려고 만드는 거라고 생각해봐요. 우리가 하려던 건 내가 써온 일기를 모아서 다시 한번 보는 거예요." 나 자신에게 하는 이야기이기도 했다.

6주가 지난 뒤 일곱 권의 책이 만들어졌다. 성수동에 신혼집을 얻은 사연부터 부부가 일상을 보내는 방식까지 동네 생활을 소소하게 기록한 「성수동 신혼일기」, 거리에서 만난 글자와 생각들을 함께 엮은 「성수동의 글자들」, 성수동에서 만나는 예술 작품을 담아보리라 계획했다가 원하는 바를 이루지 못하고 우연히 발견한 것들에 대해 쓴 「예상치 못한 성수동」 등 어디에도 없는 이야기였다. 워크숍이 끝나고 한참이 지난 어느 날, 일곱 권의 책을 펼쳐놓고 하나하나 넘겨보다 정은님의 책 「성수동 신혼일기」 마지막 장에서 뒤늦게 이 문장을 발견했다.

"워크숍을 기획한 해리님의 말이 나의 이야기를 끌어내는 데 많은 응원이 되었다. '내 이야기를 창조적으로 풀어내는 것'이 중요하다는 것을 잊지 말고, 내가 할 수 있는 이야기를 꾸준히 하고 싶다."

맞아, 내가 전하고 싶은 게 이거였지. 마음이 들떴다. 사람들과 함께 쓸 때마다 매번 새롭게 다짐한다. 위대하고 멋진 이야기가 아니라 생생하고 솔직한 나의 이야기를 쓰자. 나에게 없는 것을 쓰려고 하지 말고 나에게 이미 있는 것을 새롭게 보자. 나만의 주제라는 건 그 속에서 발견되는 거니까.

　난 재능이 없나 봐. 글을 쓸 때마다 하게 되는 말이지만, 사실상 글을 쓰는 데 필요한 건 '재능'보다 '마감'일지도 모른다. '이때까지는 무조건 끝내야 한다'는 '데드라인(deadline)'으로서의 마감도 물론 중요하지만, 내가 말하려고 하는 건 나에게 의미 있는 이야기를 스스로 매듭 짓는 일의 의미다.

　「좋아하는 일이 직업이 될 수 있을까」를 쓰는 내내 책을 만든다는 것이 왜 그렇게 두렵고 망설여졌는지 모른다. 고민에 고민을 거듭하다 결국 결심했다. 미래의 내가 펼쳐봤을 때 부끄럽지 않을 책, 적어도 나만큼은 재미있게 읽을 수 있는 솔직한 책을 만들어보기로. '더 좋은 글을 쓸 수 있다면 좋겠지만, 지금 내가 할 수 있는 건 여기까지.' 그런 마음으로 글을 마감했다.

　내 안에서만 맴돌던 이야기가 책이 되자, 예상치 못한 일이 많이 벌어졌다. 글을 읽으며 펑펑 울었다는 DM도 많이 받았고, 내 책을 매개로 친구들과 워크숍을 했다는 이야기를 듣기도 하고, 낯선 이에게 손편지를 받는 일도 종종 일어났다. 전국 독립서점에 책을 입고하고부터는 속초에서, 대구에서, 제주에서도 소식이 날아왔다. 직접 만나 대화하지 않아도 글을 통해 서로의 가장 깊은 부분이 연결될 수 있다는 것이 신기했다.

나 혼자만의 이야기일 거라고 여겨 외로웠는데, 그러다 그 이야기가 스스로 지겨워지기까지 했는데, 나를 괴롭히던 생각들이 사그라드는 걸 느꼈다. 어설프고 부족하더라도 내 안에 고여 있던 이야기를 마감해서 세상에 꺼내놓고 나면 '이제는 다음 이야기를 해도 되겠다'는 생각이 든다는 걸, 그때 알게 됐다. 자연스럽게 삶의 다음 장으로 넘어가는 느낌이었다. 자, 이 정도면 이제 됐어. 다음으로 넘어가자.

자기만의 이야기를 스스로 열고 닫아본 사람은 계속해서 이야기를 짓는 것 같다. 쓸모가 없을 거라고 생각한 조각들이 하나의 이야기가 될 수 있다는 것. 그것을 몸으로 느껴보면, 창작의 결과가 아닌 과정의 재미를 느끼고 나면, 그 사람은 계속 '창작하는 사람'으로 살아간다고 믿는다. 나는 모든 사람이 창작자의 정체성을 지니고 살아갔으면 좋겠다. 모든 사람이 창작하는 직업을 갖기 바란다는 말은 아니다. 꼭 전문적인 작가가 되지 않더라도, 많이 팔리는 책을 쓰지 못해도, 살면서 나의 이야기를 쓰고 한번씩 마감하는 루틴을 갖는다는 건 꽤 매력적인 일이기 때문이다.

"나는 아직 내가 아니다(I am what I am not yet)."

미국의 예술철학자 맥신 그린(Maxine Greene)이 자주 한 말이다. '나'라는 사람은 아직 현재진행형이고 새로운 가능성은 언제나 열려 있다는 것이다. 내가 글을 쓰는 이유도 이와 비슷하다. 나의 세계가 어떻게 생겼는지 궁금하고, 내 안에 닫혀 있는 문을 계속해서 열어보고 싶다. 글을 쓸 때마다 스스로에게 질문한다. '너는 이 이야기를 왜 하고 싶어?' 그렇게 묻고 답하다 보면 내가 모르는 나를 발견하게 된다. 내가 어떤 이야기를 하고 싶었는지, 그 이야기가 내게 왜 중요했는지 알게 된다.

매번 그랬다. 8년간 매달렸던 논문 '밀레니얼 예술경영자의 무경계 실천사례 연구'를 마감했을 때는 나에게 예술이라는 키워드가 얼마나 중요했는지 알게 됐다. 다양한 영역을 오가면서 활동했지만 내 안에서는 한 번도 예술을 놓은 적이 없다는 걸 발견했다. 나의 일 경험을 예술의 언어로 읽어내며, 그동안 가장 듣고 싶었던 말을 스스로에게 해주었다는 생각이 들었다. 「좋아하는 일이 직업이 될 수 있을까」를 쓸 때는 나의 일을 만들어가는 과정에도 상상력이 필요하다는 메시지를 전하고 싶었다. 정답은 없으니, 내 이야기를 레퍼런스 삼아 책을 읽는 각자가 자기만의 일 이야기를 썼으면 좋겠다고 생각했다.

글쓰기에 대한 이 글을 쓰면서도 새롭게 깨달은 것이 있다. '사람들이 자신의 일과 삶을 창조적으로 바라볼 수 있도록 돕는 사람으로 살고 싶다'는 마음이다. 나는 아무래도 글을 잘 쓰는 법을 알려줄 수 있는 사람은 아닌 것 같다. 그보다 내 안에 있는 이야기를 발견하도록, 스스로에 대한 힌트를 줍도록, 잃어버린 창조성을 회복하고 더욱더 자기 자신에게 가까워지도록 돕는 일을 하고 싶다.

이다음에 나는 또 어떤 이야기를 하게 될까? 알 수 없다. 하지만 분명한 건 하나의 글을 마감하고 나면 내가 누구인지 조금 더 알게 되고, 그 후의 나는 이전과 한 뼘쯤 달라져 있다는 것. 그런 이유로 계속 글을 쓰게 될 것 같다.

당신의 글쓰기

손현녕

한 번도 글을 써야겠다거나 책을 펴내고 싶다는 생각을 한
적은 없었습니다. 씀에 대한 욕구가 마음에 일게 된 것은 내 삶에
대한 회의를 느낄 때부터였어요. 쓰는 이유는 저마다 다를 거예요.
우리 생애의 첫 글쓰기부터 떠올려봅시다. 방학 숙제로 내준
일기를 개학 전날 초고도 집중력을 발휘해 없던 일도 만들어내며
썼던 글부터 시작해 친구와 주고받은 편지, 좋아하는 친구에게
떨리는 마음으로 써내려갔을 고백편지, 반성문 등 우리는 수많은
글쓰기를 해왔을 겁니다.

누군가 시켜서 쓰는 글이 아닌 내 마음에서 글을 쓰고
싶다는 욕구로 쓰는 글은 향기부터 다르다고 생각합니다. 당신은
어떨 때 가장 글을 쓰고 싶어지나요? 어떤 마음으로 글을 쓰려고
하는지 알 수 있다면 앞으로 어떤 글을 쓸 것인가에 대한 방향을
잡는 데 도움이 될 거예요. 그럼 제 이야기를 해볼게요. 저는
'글을 쓰고 싶다'는 마음이 다행히도 불행할 때 찾아왔습니다.
여기서 다행이라고 말씀드린 이유는 글쓰기가 저를 구원하는
역할을 해주었기 때문인데요, 어떤 이는 오히려 황홀한 순간을
기록해두고 싶어 글을 쓰기도 합니다. 하지만 저는 불행에
빠졌을 때 언제고 적어야만 살 것 같은 기분을 느끼곤 했습니다.

망망대해에서 구명보트에 탄 것처럼 무언가를 적으면 숨이 트이는 듯했습니다.

자연스레 글쓰기를 찾게 된 것은 긴 시험을 준비할 때였어요. 어느 뇌과학자에 따르면 인간이 두려움과 불안을 가장 크게 느끼는 순간은 바로 예측할 수 없는 불확실함을 느낄 때라고 해요. 시험에 합격하지 못하면 어떡하나, 라는 그 불확실한 미래를 온몸으로 불안해하며 스스로 괴롭혔어요. 그런데 어느 날 문득 그런 생각이 드는 거예요. 함께 임용고시를 준비하던 친구들이 있었거든요. 똑같은 조건의 친구들이잖아요. 그런데 이야기를 나눠보니 저만큼 불안에 떨지는 않아 보이는 거예요. 물론 저마다 느끼는 감정의 수치를 객관화할 수 없겠지만 그때 제 불안은 병적인 수준이라 공황발작 증세까지 나타났으니까요. 분명 다르다고 생각했어요. '왜 다를까. 왜 나는 이리도 불안할까.' 이것이 제가 글을 쓰게 된 계기였습니다.

정말 제 마음이 궁금해졌습니다. 도대체 내 마음은 어떻게 작용하고 있는 것일까. 내 마음의 밑바닥에는 무엇이 있기에 나는 이리도 쉽게 불안을 느끼는 것일까. 어찌하여 내 마음은 이리도 극단적이며 외로움을 자주 느낄까. 그렇게 떠오른 질문들은 머리로 쉽게 쉽게 생각하고 넘길 것이 아니었습니다. 정리가 필요했어요. 질문을 던지고 그에 답이 떠오르면 또 꼬리를 무는 질문이 생겼거든요. 답을 한 줄 만들면 그에 반박하는 질문이

또 생겼어요. 그 생각의 흐름을 나열해두고 눈으로 확인하기
위해서는 글로 써보는 수밖에 없었지요. 그렇게 저의 글쓰기가
시작되었습니다.

제 글쓰기의 재료는 대개 불안과 두려움에 관련된 부정적인 감정이었어요. 그 감정의 골이 깊은 이유를 알고 싶었지요. 처음에는 그 방법을 잘 몰라 감정을 나열하는 식으로 접근했습니다. 예를 들어볼게요. 임용고시는 1차 시험이 끝나고 1차 합격자 발표가 있기 전까지 모두 2차 시험 준비를 합니다. 합격하지 못하면 2차 시험을 준비한 시간이 말짱 도루묵인데도 어떻게 될지 모르니 함께 열심히 준비하는 시기지요. 그러다 희비가 교차하는 날이 옵니다. 함께 준비한 친구는 1차에 붙고 저는 떨어졌어요. 겉으로 축하는 했지만 속이 얼마나 쓰렸는지요. '아쉽지만 나도 올해 더 열심히 준비해서 꼭 합격해야지.' 하는 긍정적인 생각이 들지 않았어요. 정말 사람이 처한 불우한 환경과 불안정한 마음은 그 사람을 더욱 비관적이게 만드는가 봅니다. 저는 그때 '아, 내 인생 정말 큰일났구나. 나는 이 공부 말고 배운 게 없는데 어디에 가서 뭘 하고 살 수 있을까? 이번에 또 떨어지면 어떡하지? 한 살 더 먹고, 다른 친구들은 합격해서 탄탄대로를 달릴 텐데, 내 인생은 어디로 가는 걸까. 종교에 귀의할까. 공장에 들어갈까.' 별의별 부정적인 생각을 다 했습니다.

그리고 종이를 펼쳤어요. 연필을 들고 썼습니다. '지금,

여기'에서 내가 느끼는 그 수많은 감정에 대해서 말이에요.

처음에는 그저 감정을 쏟아내는 것만 할 줄 알았어요. 혹시 순간의 감정을 알아차리는 것이 어려운가요? 또는 외면하고 있나요? 그렇다면 '지금, 여기에서 알아차리는 연습'을 해보면 좋겠습니다. 마음을 들여다보기 위한 가장 첫 번째 과정이 아닐까 싶습니다. 어떤 감정이 느껴지나요? 우선 서술어만 나열해봅시다. 그때의 제 다이어리에는 '두렵다 / 불안하다 / 막막하다 / 살고 싶다 / 어디로 갈까'처럼 동사, 형용사를 나열해둔 페이지가 있었습니다. 내 마음에 가까워지기 위해 순간의 감정을 먼저 알아차리는 과정이었어요. 그다음은 감정에 대한 질문을 앞뒤 맥락을 고려하면서 던져보는 것이죠.

'살고 싶다'를 가지고 이야기 나눠볼게요. 우선 던져놓은 서술어의 앞뒤에 문장 성분을 채워서 여러 개의 문장을 만들어 볼 수 있어요. '우리 집 강아지처럼 편하게 살고 싶다.' 라고 하나의 문장을 만들었어요. 그러면 자연히 우리 집 강아지와 내 삶을 비교할 수 있겠지요. 우리 집 강아지가 얼마나 편하게 살고 있는지에 대한 이야기를 이어서 쓸 수 있을 거예요. 그리고 내 삶이 얼마나 시궁창 같은지에 대해 다음 문장을 써볼 수 있겠지요. 다시 편하게 사는 강아지 이야기를 하면서 내가 원하는 편한 삶에 대해 구체적인 내용으로 글을 마무리하는 거예요. 사이사이에 문장을 추가하면 더 단단한 한 편의 짧은 글이 될 수도 있겠지요.

또 하나 예를 들어볼게요. '부럽다'라는 서술어를 던져놓았어요. 그러면 우리가 앞에서 한 작업처럼 똑같이 떠오르는 문장 성분을 채우면서 한 문장을 완성할 수 있겠지요. 저는 '부러운 것 하나 없이 사람이 나는 부럽다.'라고 만들었어요. 내가 누구를 부러워하고 있는지, 왜 부러운지, 지금 내 상태가 어떠하기에 부러운 것인지, 또는 부러움이란 대체 어떤 감정인지에 대해 써볼 수도 있겠지요. 이런 식의 자유연상기법은 떠오르는 단어뿐만 아니라 문장을 이어서 쓰기에도 아주 좋습니다. 그리고 마음속에 질서 없이 마구 떠오르는 생각이야말로 우리가 마음을 들여다보는 데 아주 좋은 단서로 쓸 수 있으니, 전혀 관계없어 보이는 것들이어도 문장 성분을 채워 문장으로 만들고 잘 이어봅시다. 그것이 나침반 역할을 할 수도 있어요.

그렇게 해서 저는 한 줄에서 두 줄, 두 줄에서 다섯 줄 쭉 문장을 이어붙여 한 편의 글을 만들어나갔습니다. 감정에서 글감을 찾다보니 하루 중에 겪는 일, 만나는 모든 사람이 나에게 오면 글이 될 수 있었어요. 거기서 중요한 점은 내가 그 사건과 사람을 어떻게 바라보는가에 대한 관점을 확인할 수 있었다는 것입니다. 인간은 대개 자신의 감정에 취하면 객관적으로 스스로를 보기 어렵습니다. 누가 옆에서 '너 지금 뭔가에 홀린 것 같아. 정신 차려!'라고 일깨워줄 때가 아니고서야 판단력이 흐려져 내가 무얼 하는지조차 모를 때가 있지요. 하지만 글로 남겨둔 기록은 거짓을 말하지 않습니다. 그럴 때일수록 남겨둔 문장은 마음을 추측해보는 데 도움이 되었습니다.

앞서 말했듯 제 글쓰기 재료의 원천은 부정적인 감정이었어요. 불안과 두려움, 관계에서 오는 회의감, 가끔 느껴지는 인간에 대한 혐오. 그런 것들이 글을 쓰게 만들었어요. 주변을 둘러보니 친구들은 저마다 무리를 이루거나 꼭 맞는 누군가와 마음을 나누고 있었어요. 거기에 부러움을 느끼고 또 그러지 못하다고 생각하는 나 자신을 못나게 보기도 했지요. 그럴 때 먼저 현실을 직시하고 내가 느끼는 감정과 상황에 대해 썼어요. 알면 달라질 게 많아요. 우선 아는 것이 중요해요. 스스로 감정을 속이지 않기 위해 부단히 노력했어요. 그런 다음 내가 느끼는 외로움의 이유에 대해 적었어요. 이 과정에서 신기한 점은 쓰다 보니 별것 아니라는 생각이 든다는 거예요. 그렇기에 별것 아니라는 점과 그런 나에게 어떤 마음을 가지면 좋을지 남에게 해줄 법한 객관적인 조언과 위로를 스스로에게 해줄 수 있는 거죠. 그래서 보통 제가 마음을 들여다보는 글을 쓸 때는 '현실 직시 - 감정 알아차리기 - 감정의 이유 찾기 - 스스로를 이해하고 객관화하기'의 과정을 거치고 있어요.

사람마다 생김새가 다 다르고 취향과 스타일이 다 달라도 눈, 코, 입이 있을 자리에 있고 하루 세 끼의 끼니를 챙기고 잠을 자야만 움직일 수 있듯이, 모두 다 달라 보여도 한데 모으면 또 일반화된 사고를 하고 살죠. 그래서 우리는 글을 읽고 '내 이야기다!' 하며 공감할 수 있고, 나아가 위로와 감동을 느낄 수 있다고 생각합니다. 제 글을 읽은 분들이 많이 하는 이야기가 있어요. "제가 자주 생각했던 부분을 글로 잘 정리해주신 것 같아요." 또는 "작가님! 제 머릿속에 왔다 가셨나요? 정말 공감 돼요!" 독자들한테 이런 이야기를 들을 수 있는 이유도 아마 대부분의 사람들이 느끼고 고민하는 부분에 대해 지나치게 사적인 이야기는 걷어내고 감정에 대해서만 들여다보고 쓰기 때문에 공감을 얻지 않았나 추측해봅니다.

글을 쓸 때는 보통 '계획하기' 단계가 선행되어야 합니다. 글쓰기를 계획할 때는 무엇에 대해 쓸 것인가(주제), 이 글을 왜 쓰는 것인가(목적), 이 글은 누가 읽을 것인가(독자), 이렇게 세 부분에 대한 고민이 충분히 이루어져야 합니다. 저는 흔들리는 제 마음에 대해 쓰면서 고요한 호수 같은 마음을 만들고 싶었고, 저와 비슷한 어려움을 가진 독자들에게 닿기를 바라며 글을 썼습니다. 글쓰기에는 왕도도 없고 정답도 없습니다. 객관화하거나 수치화할 수 없고 어떤 글이 잘 쓴 글이냐에 대한 기준도 저마다 다릅니다. 그래서 더욱 자기만의 글쓰기 계획을 잘 잡아야 한다고 생각합니다. 당신은 어떤 글을, 왜, 누가 읽기를 바라나요? 함께 고민해보고 싶습니다.

제가 마음을 들여다보는 글쓰기를 꾸준히 할 수 있었던 것은
상담 시간이 있었기 때문입니다. 글쓰기에 대한 욕망이 생길 때쯤
공황장애 진단을 받았어요. 증세는 이미 전부터 있었는데, 그걸
병으로 인지하고 병원을 찾기까지 꽤 오랜 시간이 걸렸습니다.
처음에는 과호흡 같은 불편한 증상이나 기분만 사라지면 좋겠다
싶었는데, 병원에 가서 보니 그 증상이 유발된 기저 원인을 찾는
과정이 반드시 필요해 보였어요. 물론 단 하나로 이유를 찾거나
단정 지을 수 없었어요. 선생님은 타고난 기질부터 시작하여
현재 상황까지 다양한 이유로 마음이 힘듦을 이해할 수 있다고
하셨는데요, 저는 이 부분에 대해 더 알고 싶었습니다.

처음에는 단순히 시험 준비 때문에 공황장애와 불안이
찾아온 줄 알았거든요. 그러면 정말 쉽게도 시험 준비를 관두면
좋아져야 하는 거잖아요? 그런데 그렇지 않았어요. 시험은
근본적인 문제가 아니었거든요. 물론 불안을 가중시키는 역할을
하긴 했겠지만, 제 마음을 알아보기 위해서는 어렸을 때 기억부터
하나하나 들여다봐야만 했습니다.

우리는 다 큰 성인이 되어서 적당히 감정을 숨길 줄 알고,
사회생활을 원만히 하기 위해 하기 싫은 일도 참고 해낼 때도 있고,

울고 싶지만 애써 참을 줄도 압니다. 그런데 그런 가면을 벗고 진짜 내 모습이 드러나는 때가 있어요. 나도 모르게 눈이 뒤집혀 소리를 지르거나, 감정을 주체하지 못하고 엉엉 울어버리는 순간들. 대체 그런 모습은 어디에서 오는 걸까? 선생님과 상담 중에 알게 된 것은 바로 그런 무의식에서 발현되는 모습이 상처받은 내면아이 때문일 가능성이 높다는 거예요. 그래서 어린 시절을 살펴보지 않을 수 없었습니다.

지금 우리가 느끼는 불편한 감정들 그리고 패턴화되어 계속 반복되는 부정적인 일들은 대개 어린 시절에서 출발합니다. 양육자와 안정적인 애착 관계를 형성하지 못했거나, 자라는 동안 있는 그대로 감정을 표현했을 때 수용받지 못해 그것이 고착되어 성인이 되어서도 힘든 순간들, 또래 집단에서 거절당하고 따돌림을 당했던 기억, 부모님의 싸움에 늘 무섭고 불안에 떨어야 했던 시간들. 그 어린 나이에 멈춰 울고 있는 내면아이가 떠나지 못하고 성인이 되어서도 발목을 잡고 있는 것은 아닌지 살펴봐야 합니다.

그 과정을 저처럼 병원에서 상담자와 오랜 시간을 두고 살펴 볼 수 있다면 좋겠지만, 혼자서도 의지만 있다면 충분히 할 수 있다고 생각합니다. 물론 노력이 꽤 필요한 일이고, 사실 자신의 보기 싫은 모습까지 보고자 하는 것은 굉장히 불쾌한 일이기도 합니다. 하지만 내가 나를 알아야 변할 수 있으니까요. 하나씩 하나씩 가장 태초의 기억부터 당장 오늘까지 일련의 시간들을 돌아보며 지금의 내가 어떻게 만들어졌을까, 최대한 객관적으로 보는 것입니다. 외면하거나 덮어버리기보다 지금의 나를 이해하기 위함에 초점을 두고 하나씩 하나씩 적어나갑니다.

몇 살에 어떤 일로 당신의 상처받은 내면아이가 만들어졌나요? 그 어린아이가, 있는 그대로 받아들여지고 보호받고 사랑받아야 마땅했던 아이에게 어떤 두려움과 불안이 찾아왔었나요? 그때 당신에게 가장 필요했던 말은 무엇이었나요? 지금 성인이 되어 누군가를 안아줄 수 있을 만큼 따뜻해진 내가 스스로에게 어떤 말을 해줄 수 있을까요? 이렇게 지금의 나를 이해하기 위해 과거의 나를 안아주는 시간도 마음을 들여다보는 글쓰기에 아주 중요한 시간이 되리라 믿습니다.

지금까지 글을 쓰고자 하는 계기와 제가 글을 어떻게 쓰게 되었으며 어떤 방식으로 쓰고 있는지, 그리고 마음속에 무엇이 있는지 알기 위해 어린 시절부터 돌아보면 좋겠다는 이야기를 했습니다. 마지막으로 다룰 이야기는 우리가 평상시에 사고를 추적하는 연습을 한다면 글을 쓸 때 내용 면에서 조금 더 깊이 있는 글이 되지 않을까 하여 준비했습니다.

사고를 추적하는 연습은 말 그대로 평상시에 아무렇지 않게 하는 사고 체계를 다시 한번 역으로 짚어가는 것을 말합니다. 당신은 친구와 함께 미국 여행을 갔습니다. 여행 중에 마트에서 장도 보고 예쁜 물건이 보이면 쇼핑도 했습니다. 그런데 종업원이 거스름돈을 던져서 주는 거예요. 마주치는 종업원마다 표정도 좋지 않고요. 당신을 계속 그게 거슬립니다. 그래서 친구에게 이야기하죠. "아, 대체 돈을 왜 던지는 거지? 이거 너무 인종 차별이 심한 거 아냐? 정말 짜증나네!" 그랬더니 친구는 "아 그래? 나는 잘 모르겠던데." 라고 이야기합니다. 당신은 여행 내내 인종 차별을 받는 기분과 사람들의 태도에 대 해 이야기합니다.

여기서 실제로 종업원들이 인종 차별을 했는가 여부는 중요한 문제가 아닙니다. 그랬을 수도 있고, 아닐 수도 있습니다.

여기서 우리가 봐야 할 것은 함께 간 친구는 크게 문제 삼지 않고 여행에 더 집중하는데, 왜 나는 이 종업원의 태도에 사로잡혀 여행 내내 기분이 나쁜가입니다. 스스로에게 물어봐야겠지요. 보통은 그렇습니다. '저 사람이 나한테 왜 저러지?' 하고 이유를 바깥에서 찾습니다. 그게 빠르고 쉬우니까요. 남 탓은 복잡하지 않지요. 하지만 타인에게서 이유를 찾는 사고 회로는 결코 성장할 수 없습니다.

이것은 단순히 '내 탓'을 하자는 이야기가 아닙니다. '나는 왜 이렇게 느끼는가'에 대한 수십 가지 가능성을 이야기해보자는 것입니다. '똑같은 상황에서 친구는 아무렇지 않은데 나는 왜 종업원의 태도가 거슬리고 신경 쓰일까?' 같은 사고를 하나씩 추적해보는 거예요. 대신 한 가지나 두 가지로 끝내면 안 돼요. 검은색과 흰색 사이에는 수백만 가지의 회색이 있듯, 이러한 사고 추적 연습에도 다양한 가능성이 열려 있다는 것을 기억하고 살펴봐야 한다는 말입니다.

매일 아침 출근 시간에는 차가 많이 막힙니다. 저 멀리서부터 줄을 서서 가는데 어떤 차가 하필 내 앞에 위험하게 끼어드는 거예요. 클랙슨을 마구 울려대고 욕을 시작합니다. 누구는 아침 시간이 한가로워 줄 서서 기다리나, 저런 몹쓸놈이라는 말까지 속을 후련하게 비워내며 욕을 합니다. 자, 하루가 지나고 다음 날이 됐어요. 똑같은 시간, 똑같은 장소에서 어제와 다른 차 한

대가 또 위험하게 새치기를 합니다. 그런데 이상하게 오늘은 어제처럼 화가 안 나는 거예요. 오히려 정말 급한 일이 생겼나 보다 하고 이해를 했답니다. 이걸 보면 어떤가요? 모든 바깥 상황은 똑같아도 내 감정에 따라 행동까지 달라질 수 있습니다. 이제 이걸 물어봐야겠죠. 어제와 같은 상황에서 오늘은 침착하게 아량을 베풀었는데 어제는 그렇게까지 화를 쏟아낸 이유가 뭘까? 첫째, 어제는 아침밥을 못 먹고 나와 신경이 예민했다. 둘째, 어릴 때 아빠 차를 타면 아빠가 늘 이런 식으로 화를 냈는데 그걸 닮은 걸까. 셋째, 요즘 다른 일이 바빠서 신경이 예민해졌다. 이런 식으로 수만 가지 회색을 넓혀가며 가짓수를 늘려가는 일이 정말 중요합니다.

이렇게 내가 나를 이해하는 가능성의 문을 더 많이 열어둘수록 우리가 쓸 수 있는 내 마음의 이야기는 더 커질 것입니다. 사고를 추적하는 연습을 통해 내가 나를 얼마나 이해하고 있는지, 얼마나 사랑할 수 있는지 스스로를 가늠하는 시간이 되었으면 좋겠습니다. 당신의 글쓰기를 진심을 다해 응원합니다. 그로 인해 궁극적으로 당신의 마음이 편안해지기를 기도합니다.

작가들의 글쓰기 워크북

2023년 6월 14일 1판 1쇄 발행

지은이	은모든, 김엄지, 안리타, 강혜빈, 김은지, 박지용, 김해리, 손현녕
발행인	이상영
편집장	서상민
편집인	이상영
디자인	서상민
교정·교열	노경수
펴낸곳	디자인이음
등록일	2009년 2월 4일:제300-2009-10호
주소	서울시 종로구 효자동 62
전화	02-723-2556
메일	designeum@naver.com
	blog.naver.com/designeum
	instagram.com/design_eum
ISBN	979-11-92066-24-0 03810
가격	20,000원

작가들의 글쓰기 워크북 01
ISBN 979-11-92066-24-0 03810
01 + 02 = 20,000원

작가들의 글쓰기 워크북

WORK
BOOK

작가들의 글쓰기 워크북

WORK
BOOK

작가들의 글쓰기 워크북

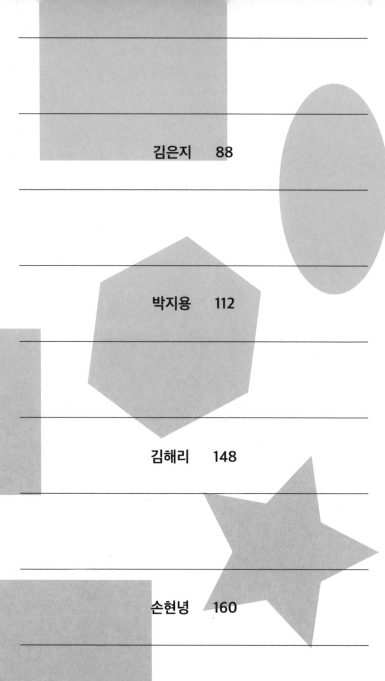

은모든

최근 무언가에 유독 깊이 몰입했던 순간이 있나요?

유년의 추억을 담은 노래를 조우한 순간 어떤 기분을 느꼈나요?
Tip 추억을 담은 곡이 흘러나올 때 풍경이나 맛본 음식이 있는지, 그
공간에서 어떤 향이 났는지, 바람의 온도와 세기는 어땠는지 등 청각을
자극한 순간을 재구성하며 당시에 느낀 다른 감각도 함께 떠올려보세요.

못 잊을 추억의 맛을 재현하기 위해 애써본 경험이 있나요?

이제 그만 벗어나고 싶은 삶의 한 순간을 떠나보내는 마음을 적어볼까요.

그러나 결코 그 순간을 잊을 수 없었던 이유에 관해서도 따로 적어볼까요.

내가 어른이 되었다고, 혹은 여전히 내가 생각하던 어른과는 거리가 멀다고
체감한 순간이 있나요?

뜻밖의 인물에게 나와 닮은 점이 있다고 느낀 순간은 언제였나요?

도저히 용서할 수 없다고 느낀 인물에 대한 인식이 바뀌었던 순간이 있나요?
Tip 직접 겪은 일에 한정해서 떠올릴 필요는 없습니다. 뉴스에서 보았거나
전해들은 이야기, 역사적 사건 속 인물의 선택 등 시야를 넓혀서 보면 글감도
확대됩니다.

참을 수 없는 감정의 동요를 느낀 순간을 특정한 타인의 시각으로 다시 바라보고 써볼수 있을까요.

Tip 분노, 슬픔, 기쁨, 혐오감, 배신감, 쾌감…… 여러 감정 중에서 감정의 동요를 느낀 순간을 되짚으며 가장 먼저 떠오른 감정은 무엇인가요? 맨 먼저 떠오른 감정의 크기와 원인에도 관심을 기울여보세요.

위에서 떠올린 순간 중에 맥락을 이어서 한 편의 글로 재탄생할 만한 장면이
있지는 않은가요.

김엄지

무엇을, 왜, 쓰고 싶은가요?

좋은 문장의 조건에 대해 나만의 기준을 정해볼까요?

Tip 내가 좋아하는 소설이나 시의 문장을 떠올려보세요. 그 문장이 좋은
이유는 무엇일까요?

내가 아는 가장 '차가운 것'은 무엇인가요?

내가 아는 가장 '투명한 것'은 무엇인가요?

나의 가장 '오래된 것'은 무엇인가요? 사물, 관계, 감정, 습관 무엇이든
좋아요.

나의 가장 '새로운 것'은 무엇인가요? 사물, 관계, 감정, 습관 무엇이든
좋아요.

내가 '버려야 할 것' 혹은 '버릴 수 없는 것'에 대해 써보세요.

내 몸, 특정 부위를 묘사해보세요.

Tip 손, 발, 등, 목, 귀, 어디든 마음대로 택하세요. 외형 묘사뿐만 아니라 그 부위와 관련된 감각과 기억도 함께 써보세요.

'30분 동안'에 대한 글을 써볼까요.

Tip 30분 동안 달라진 것, 30분 동안 견딘 것, 30분 동안 아무것도 변하지 않았다면 그 배경 안에는 누가 있는지, 인물이 없는 공간이라면 그 공간에 대한 30분을, '30분 동안'이 아침의 어느 시간인지, 혹은 저녁의 어느 때인지 구체적으로 써보세요.

안리타

글쓰기를 위한 준비 조건. 가장 어려운 일은 '마음먹기'. 우리는 한 번쯤 이루지 못한 많은 꿈, 좌초된 계획 앞에서 수만 번 마음을 먹고 또 먹었던 기억이 있지요.

쓰고 싶은 문장과 쓸 수 없는 문장 사이, 잘 쓰고 싶은 마음과 그렇지 못한 마음 사이에서 많은 고민을 하는 당신이 쓸 수 없는 문장은 무엇인가요? 글쓰기의 어려움을 적어주세요. 어떤 부분이 글쓰기의 방해 요소로 작용하나요? 그리고 그것을 줄이기 위한 구체적인 방법도 찾아봅시다.

글쓰기를 시작하려면 언제, 무엇을, 어떻게 해야 할지 구체적으로 구상해야
해요. 막연한 계획은 추상적이라 오래 지속되지 않아요. 먼 계획보다는
가능한 눈앞의 일부터 상세히 기록해봐요.
언제(언제까지), 무엇을, 어떻게 쓸 것인지, 나만의 계획을 세워봅니다.

꾸준한 행위의 항상성을 갖는 것이 필요해요. 행동하기 위한 실천 요소로 소모되는 에너지를 줄이는 방법이 있어요. 마음먹은 걸 행동으로 옮기기 전에 외부 환경에 너무 많은 마음을 쓰고 마는 까닭에 정작 하고 싶은 일을 못 하기도 하지요. 글을 쓸 에너지는 남겨서 잘 분배해야 해요. 일상에서 계속 소모되는 마음을 스스로 주시한다면 이후에도 지속적인 글쓰기가 가능해지는 것 같습니다. 꾸준히 글을 쓰려면 일상의 불필요한 시간을 조금 더 줄여야 하지 않을까요?

습관의 힘을 키워볼까요. 하루 3시간 정도는 온전히 자신만을 위해 사용하기로 해요. 3시간은 상당히 긴 시간이에요. 하루 3시간의 습관이 한 달이면 100시간이 되고, 1년이면 1,200시간이 되니까요.

중요한 건 주기적인 반복이에요. 변화가 습관이 될 때까지 반복해서 습관의 무늬를 심어야 해요.

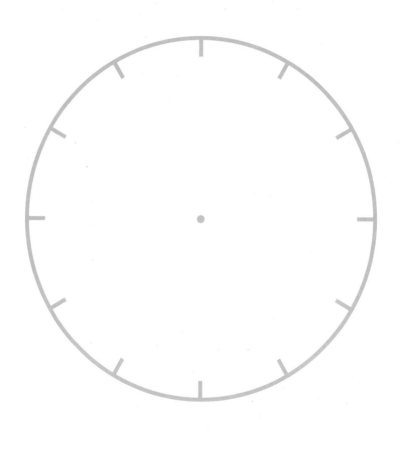

하루 일과 계획표

글쓰기에 참고가 될 만한, 혹은 곁에 두고 공부하기 좋은 책의 목록을
나열해봅니다.

- [ ]
- [ ]
- [ ]
- [ ]
- [ ]
- [ ]
- [ ]
- [ ]
- [ ]

읽는 감각과 쓰는 감각은 다른 듯해요. 책을 많이 읽어서 누군가의 글을 쉽게 평가할 수 있지만, 정작 내가 써야 하는 순간에는 큰 한계를 느끼기 때문이죠. 글을 유려하게 잘 쓰기 위해선 많이 읽는 것만큼 더 많이 써야 해요. 처음부터 잘 쓰는 사람은 없고 시작이 서툰 것은 너무나 당연하기에 많은 시간 공들여야 할 거예요.

문장이 어디서 왔는지, 어떻게 왔는지, 감정의 결을 따라 좋아하는 책들을 낭독하고 필사해봅니다. 마음의 모양을 살피고 쓰고자 하는 글의 방향성을 찾아봅니다.

아름다운 계절과 함께 놓친 풍경은 없었나요? 집으로 돌아오는 길에 무엇을 보았나요? 차근히 기억을 더듬어보아요. 그리고 지금 눈앞에 놓여 있는 사물의 단어도 나열해봅니다. 애정의 시선으로 오래 바라보아요. 그중에서 소중하거나 인상적인 단어를 체크해보세요.

오늘은 어떤 감정을 느꼈나요? 지금 머릿속에 떠오르는 고민이나 생각을
나열해볼까요. 그것을 오늘 바라본 사물과 풍경에 비유하여 단상을
적어보세요.
단어도 좋고, 한 문장도 좋아요. 연결되지 않는 생각이나 기분들도 좋아요.
어떤 단상이 떠오른다면 모두 기록해요. 분명 생각의 흐름이 처음에는
무관한 듯하고 파도처럼 거칠게 느껴지지만, 어느덧 하나의 거대한 바다를
이루게 될 거예요.

슬픔을 나타낼 수 있는 단어를 사물이나 풍경 속에서, 혹은 책 속에서
찾아보세요. 슬픔이라는 감정을 사물에 비유해보세요.

_____

_____

_____

_____

_____

_____

_____

_____

_____

_____

기쁨을 나타낼 수 있는 단어를 사물이나 풍경 속에서, 혹은 책 속에서 찾아보세요. 기쁨이라는 감정을 사물에 비유해보세요(그런 방식으로 다른 감정들도 사물에 비유하여 기록, 수집합니다).

글을 쓸 때는 많은 도구가 필요하지 않아서 좋아요. 글쓰기는 그 누구와도 상처를 주고받지 않는 유일한 시간이기도 합니다. 많은 동작을 필요로 하지도 않고, 비용이 들지도 않죠. 그럼에도 불구하고 마음속에서 엉클어진 많은 것을 해소할 수 있어요. 글쓰기는 온전히 나 자신과 마주하는 명상의 시간이자 가장 자유로운 일상의 즐거움이에요.

글을 쓰는 데 대단한 기교는 필요 없을지도 몰라요. 무언가 기록하는 것에 두려움과 욕심을 갖지 않아도 좋아요. 진실이 가장 큰 원천이니까요. 마음을 다해 쓰는 것. 그리고 습관의 힘 속에서 나의 성장을 바라보는 것. 이런 연유로 글과 삶을 제 편에 나란히 두고 걸어보고 있어요.

강혜빈

지금, 당신의 눈앞에 있는 장면은 무엇인가요?

Tip 모양과 색깔, 빛, 질감, 각도…… 가능한 한 있는 그대로를 묘사해보세요.
거기서 시작입니다.

당신이 발견한 사랑의 모양은 무엇인가요?

Tip 사소하고 자세할수록 좋습니다. 사랑은 다양한 대상으로 발명되고
발현되며 발견됩니다.

곁에 있었다가 사라진 것, 없었는데 생겨난 것을 써보세요.

Tip 물건이든 사람이든 현상이든 좋습니다. 다만 우리가 기억하는 장면
안에서의 있음과 없음, 공간과 시간을 감각해봅니다.

김은지

당신이 가고 싶은 시공간은 언제, 어디인가요?

지금 당신이 있는 곳은 어디인가요?

Tip 이 세계에 처음 온 누군가의 시선으로 주변을 한번 둘러보세요.
익숙한 공간에서 어떤 것이 먼저 눈에 들어오나요? 외계인에게 이곳을
안내해주듯이 문장을 시작해보세요.

한 문장으로 한 장면을 제시해봅니다.

Tip 저절로 많은 것이 그려지는 문장을 연습해보아요. 이런 상황이라면 어떤
장소에서 어떤 계절에 일어나는 일이겠다, 라는 걸 독자가 추측할 수 있는
문장을 써봅니다.

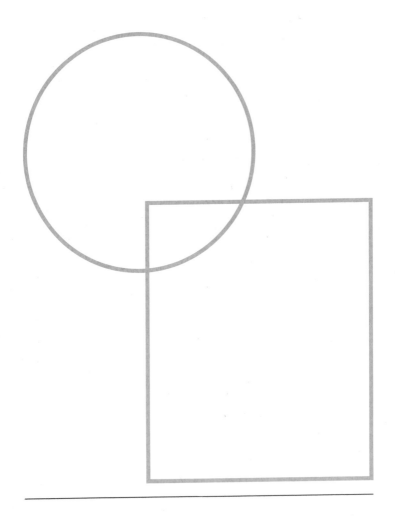

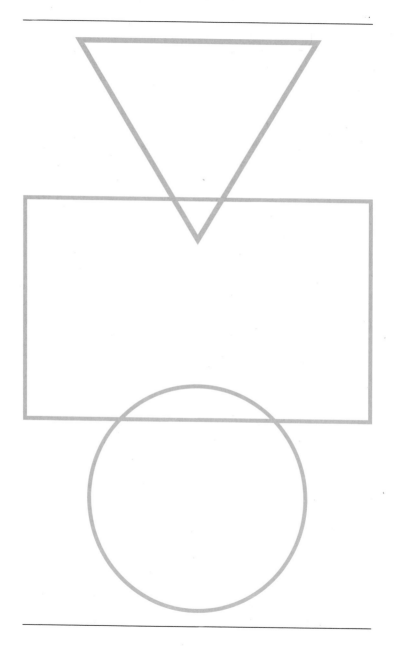

자꾸만 생각나는 말이 있나요?

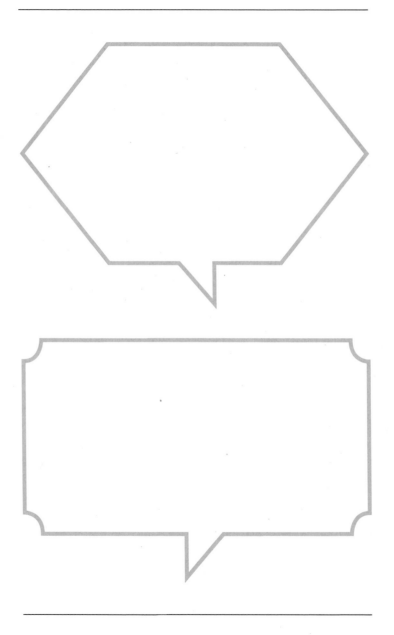

시를 쓰고 나면 어떤 기분인가요?

어떤 분위기의 문장을 좋아하나요?

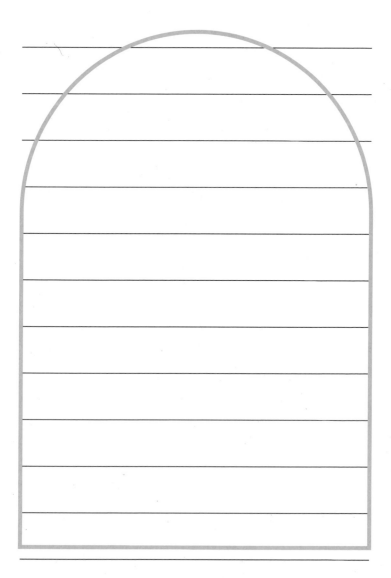

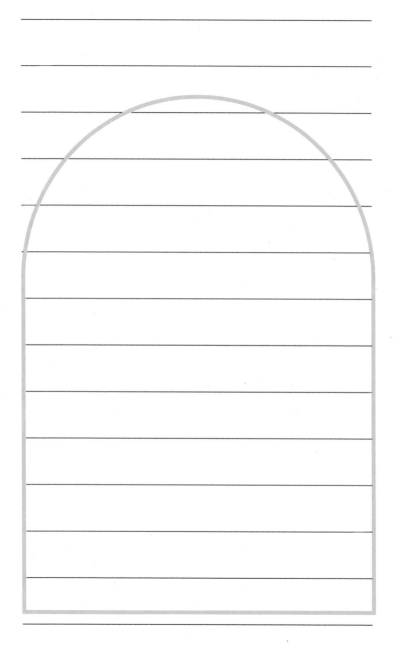

주위에서 특별한 형태의 문장을 발견해보세요.

Tip 카카오톡 선물함에도, 미니 사이즈 티슈의 바닥면에도 다양한 형태의 문장이 담겨 있지요. 이 세계를 구성하는 단어들이 어떤 형태로 엮여 있는지 살펴봅니다.

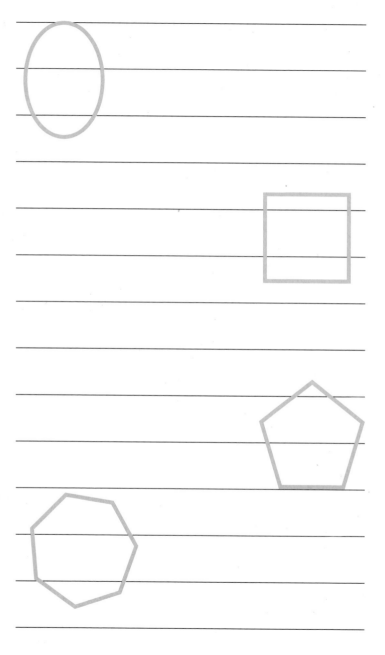

아무 문장이나 다섯 개를 써보세요.

1

2

3

4

5

1

2

3

4

5

1분 안에 모르는 단어를 찾아보세요.

사람들의 움직임을 문장으로 표현해보세요.

박지용

당신의 방에서 잊혀가는 것들은 무엇이 있는가.

Tip 방을 둘러보며 잊고 있던 것들을 찾아보자. 시간을 들여 구석구석
들여다보자. 찾아낸 것들에 담긴 추억이나 장면, 그 장면 속에 잊고 있던
기억, 현재를 사느라 잊고 있던 것들을 하나씩 차근차근 떠올리며 적어보자.

언젠가로 미뤄둔 일들을 적어보자. 그리고 그 일들의 우선순위를 매겨보자.

미뤄둔 일

우선순위

1

2

3

4

5

6

걱정 없이 보낼 수 있는 하루가 주어진다면?

Tip 지금 가지고 있는 고민이 말끔히 해결되었고, 걱정의 범위에 있는 그어떤 연락도 오지 않는다는 가정 아래, 당신은 무엇을 하며 하루를 보낼 것인가.

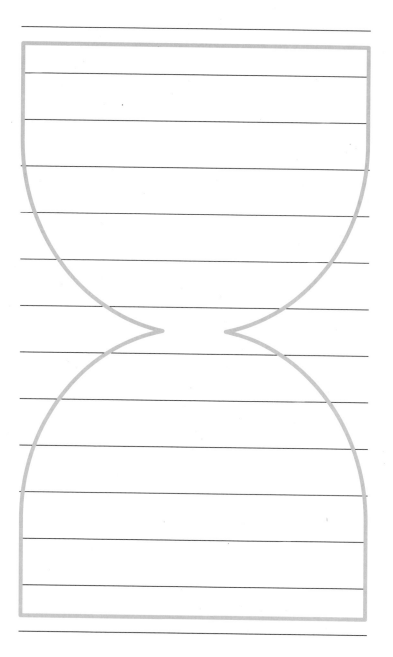

마지막 생일 선물로 받고 싶은 것

기록을 세워보고 싶은 일

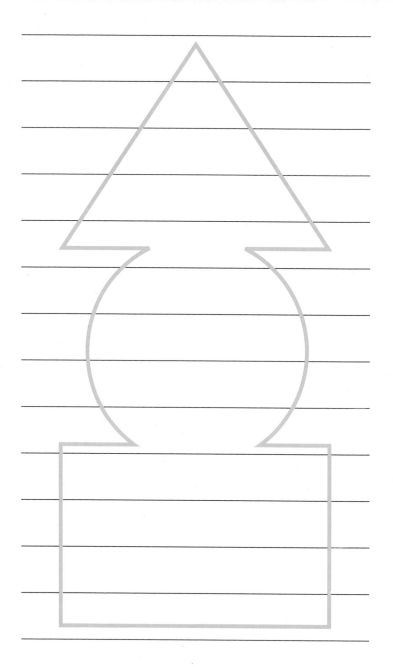

창밖에 어떤 풍경이 있길 바라는가.

지금 하고 있는 일이 당신을 심장 뛰게 하는가.

가장 심장 뛰었던 순간

지금 심장 뛰는 삶을 살고 있는가.

Tip 이 질문은 삶의 단편에 대한 질문일 수도, 삶의 전반에 대한 질문일 수도 있다. 판단은 당신의 몫. 당신은 지금 심장 뛰는 삶을 살고 있는가? 맞다면 어떤 것(들)이 당신을 심장 뛰게 하는지, 아니라면 왜 그렇지 않다고 생각하는지 적어보자.

가장 선명하게 기억되는 시절은 언제였는가.

목적이나 목표 없이 했던 일이 있는가.

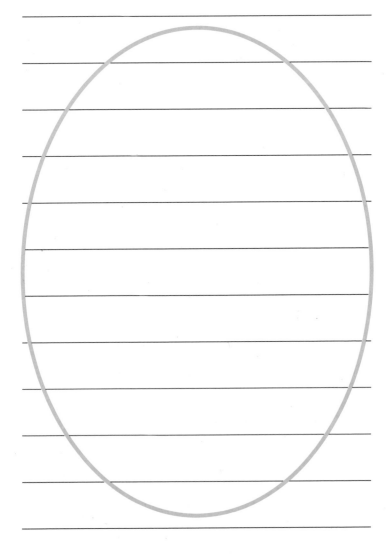

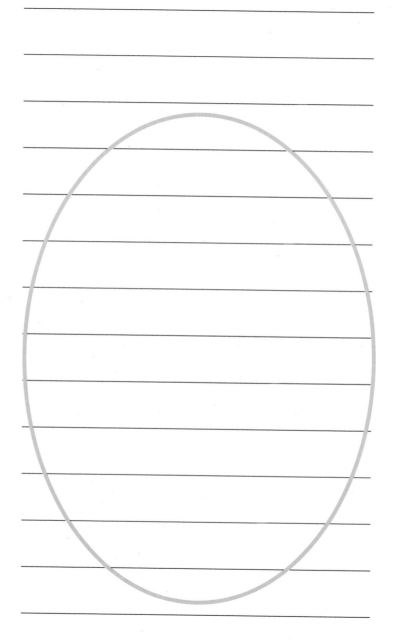

업으로 삼고 싶었던 일

업으로 삼아보고 싶은 일

최선을 다했던 일

최선을 다하지 못해 후회가 남는 일

다시 시작해 보고 싶은 일

김해리

내 안에 있는 이야기를 바라보는 법

새롭고 독특한 주제가 있어야 글을 쓸 수 있다고 생각하기 쉽지만, 나만의 주제는 이미 내 안에 있습니다. 휴대폰 사진첩이나 메모장을 열어보세요. 내가 무의식적으로 기록한 장면들이 있을 거예요. 수많은 기록 중 나에게 가장 의미 있게 다가오는 기록을 다섯 가지만 골라보세요. 그리고 아래의 가이드를 따라 사소하고도 특별한 나의 주제를 발견해보세요.

---

① 사진 속 장면을 글로 묘사하거나 당시의 메모를 그대로 옮겨보세요. 나는 그때 어떤 장면 속에 있었나요?

② 이 기록을 남긴 이유는 무엇인가요? 그때 느낀 감정이나 생각을 글로 써보세요.

③ 이 글에 제목을 붙여보세요. 키워드나 문장 등 자유롭게 표현해보세요.

기록 1 ①

②

③

KEYWORD

기록 2 ①

②

③

KEYWORD

기록 3 ①

②

③

KEYWORD

②

③

KEYWORD

기록 5 ①

②

③

KEYWORD

다섯 가지 기록의 키워드를 적어보세요.

다섯 가지 기록의 공통점은 무엇인가요? 나는 어떤 이야기를 가지고 있을까요? 하나의 키워드로 엮어본다면?

#

손현녕

글을 쓰려는 계기가 있나요? 어떨 때 가장 글을 쓰고 싶나요?

Tip 글을 쓰려는 이유를 명확히 생각해두면 어떤 글을 써야 할지 방향을
정하는 데 도움이 돼요.

지금, 여기 당신이 느끼는 모든 감정을 동사 또는 형용사로 나열해볼까요.
Tip 먼저 기분과 가장 가까운 동사, 형용사를 떠올려보세요. 그리고 앞뒤로
문장 성분을 채워서 한 문장을 만들어봅시다.

앞 장에서 나열한 서술어 가운데 세 가지를 골라 다른 문장 성분을 넣어
문장을 완성해봅시다.

완성된 문장의 뒤를 이어 한 문단을 만들어봅시다. 지금 당신이 느끼는 감정과 관련된 상황, 이유에 대해 이어 쓰고 자신에게 바라는 점이나 위로의 문장으로 마무리해주세요.

당신의 어린 시절을 떠올려봅시다. 가장 상처받은 어린아이 시절은
어땠나요? 떠오르는 대로 써봅시다.

Tip 어릴 적 그때를 떠올리면 마음 아파 눈물이 날지도 몰라요. 또는
회피하고 싶을지도 몰라요. 울고 있는 상처받은 내면아이는 지금의 어른이
된 나만이 안아줄 수 있어요. 그 아이 옆에 다가가 꼭 안아주면서 들려주고
싶은 이야기를 적어보세요.

당신의 상처받은 내면아이에게 여유롭고 따뜻한 어른이 된 지금의 당신이
편지를 써봅시다.

_____

_____

_____

_____

_____

_____

_____

_____

_____

_____

_____

똑같은 상황에서 남들과 다르게 어려움을 겪는 부분이 있나요? 내가 내린 선택에 대한 사고를 추적하는 연습을 해봅시다.

예) 누가 봐도 어려운 상황에서 쉽게 거절하지 못하는 당신. 그 이유를 하나씩 적어봅시다. 최대한 많이 적을수록 좋습니다.

꾸준히 마음을 들여다보는 글쓰기를 통해 이루고 싶은 자신의 모습을
써봅시다.

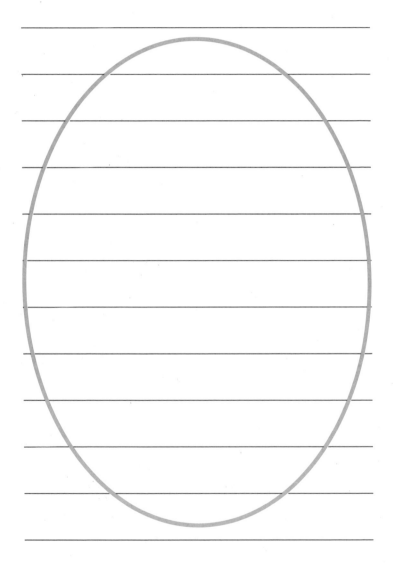

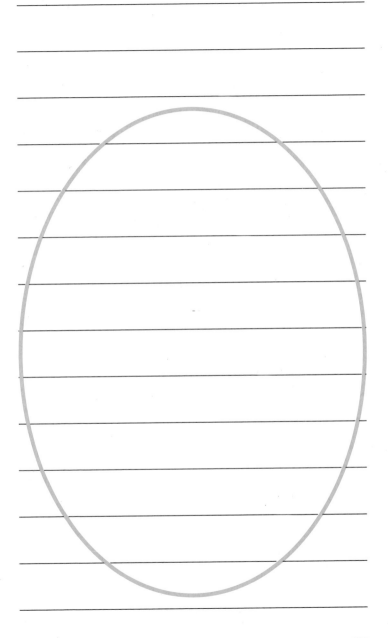

자신을 사랑하기 위한 구체적인 노력과 행동 강령을 써봅시다.

❶

❷

❸

❹

❺

6

7

8

9

10

작가들의 글쓰기 워크북

2023년 6월 14일 1판 1쇄 발행

지은이   온모든, 김영지, 안리타, 김혜빈, 임은지, 박지용, 김혜리, 손현녕
발행인   이상영
편집장   서상민
편집인   이상영
디자인   서상민
교정·교열   노경수
펴낸곳   디자인이음
등록일   2009년 2월 4일:제300-2009-10호
주소   서울시 종로구 효자동 62
전화   02-723-2556
메일   designeum@naver.com
            blog.naver.com/designeum
            instagram.com/design_eum
ISBN   979-11-92066-24-0 03810
가격   20,000원